腾飞之歌

一个飞机设计师的回忆

程不时◎著

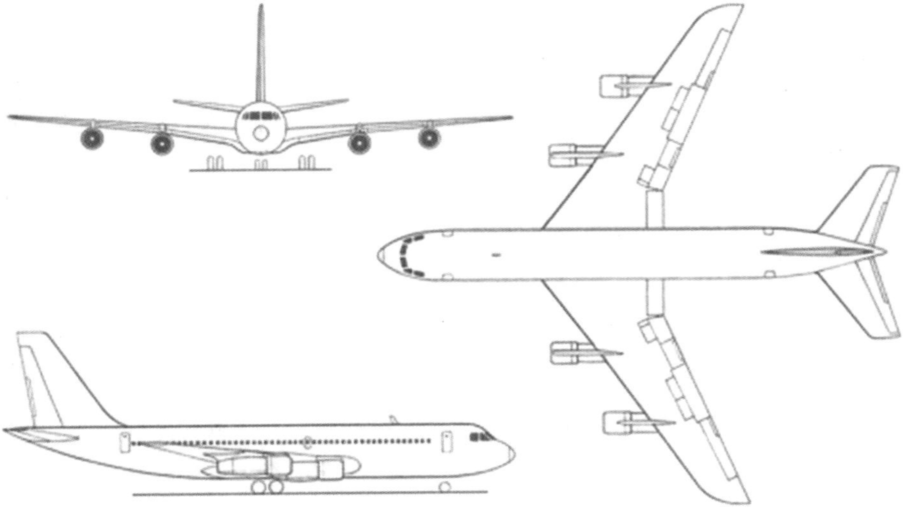

长江出版传媒
湖北科学技术出版社

图书在版编目（CIP）数据

腾飞之歌：一个飞机设计师的回忆 / 程不时著.
—武汉：湖北科学技术出版社, 2018.5
ISBN 978-7-5706-0154-7

Ⅰ. ①腾… Ⅱ. ①程… Ⅲ. ①回忆录—中国—当代
Ⅳ. ①I251

中国版本图书馆CIP数据核字(2018)第041778号

策划编辑：何　龙　何少华
责任编辑：刘志敏　　封面设计：胡　博

出版发行：湖北科学技术出版社　　电话：027—87679468
地　　址：武汉市雄楚大街268号
（湖北出版文化城B座13—14层）　　邮编：430070
网　　址：http://www.hbstp.com.cn

印　　刷：武汉市金港彩印有限公司　　邮编：430023

700×1000　1/16　18印张　213千字
2018年5月第1版　　2018年5月第1次印刷
定价：48.00元

前言

雄鹰展翅——记C919首飞

2017年5月5日，我国自行研制的喷气式干线客机C919举行首飞。我事先接到通知：当天将有4000人参加首飞仪式，入场要求进行严格的安全检查，为避免年纪较大的参加者排队时间太长、身体过于疲劳，央视工作人员将于上午8时来接我去机场。

这天是阴天，云层很低，机场风很大。下午2时是一个可供试飞的天气“窗口”。中午以后，上海浦东机场的各航班架次停飞一段时间，空出第四跑道供C919进行首次试飞。

当天计划C919的首飞航线，是从上海浦东国际机场起飞后，向北沿东海岸飞向江苏的南通，然后折回。计划飞行时间约90分钟，飞行高度为3000米，在低垂的云层之上，但在一般航线客机的巡航高度之下。在首飞中将进行15项飞行试验，主要是试验飞机的配平特性控制和稳定性及通信系统。

当时间准确到达下午2时，漆着绿色垂尾和机身上涂有蓝色装饰绶带的C919飞机从滑行道缓缓向机场起飞跑道滑行而来，C919翼展35.8米，机身长度38.9

米，基本型客舱布局可载乘客155人。工作人员将我从参观人群中领出来，走到人群的最前面，来到安放在跑道边的中央电视台的摄像机前。

那里已经站有一大群中青年，他们身穿“中国商业飞机公司”的绿色工作服，胸前配有国旗图案。当我走过去时，他们脸上露出亲切的笑容，向我挥手致意。C919飞机是从他们手中直接诞生的。我是民用大客机专家组的成员，时年87岁，是当天首飞仪式年龄最大的出席者。他们把最前面最显眼的位置让给了我，表示了他们对老一辈航空人的敬重。

我国“集全国之力，聚全国之智”研制出的标准航程为4075千米，最大航程可达5555千米的C919喷气式干线客机，这时以伟岸的英姿在起飞线上站定了位置，蓄势待发。

如果说一辆精致的轿车是由3万多个零件组成的，那么像C919这样的现代喷气式干线客机就是由100多万个零件组成的。这些材料不同、形状各异的零件不但在物质上组成干线机复杂而庞大的实体，而且它们按结构学、材料学、力学、机构运动学、电学、热力学，以至于声学、光学的知识规律，组成了一个庞大而精密的系统。

回想起来，我曾多次参加我国自己研制的飞机的首飞仪式。如1958年新中国研制的第一架飞机（也是中国航空史上第一架自行研制的喷气式飞机）“歼教1”的首飞现场，我28岁时领着一群爱好航空的青年人在业余时间设计的多用途飞机“勤工号”的首飞现场，我国研制的超音速战机“歼6”和“歼7”的首飞现场，我领头改型设计的超音速教练机“歼教6”首次试飞现场，以及我国在20世纪研制的最大的飞机“运10”首次试飞的现场，等等。

我经历了这些型号飞机的开发研制过程，所以每次参加首飞仪式都有一种揪心的期待，积累的热情有待释放，而每一次新机的试飞都是在新方向上的扩展，意味着即将展开新的发展局面，使我感到无限的欣喜。多次参加首飞仪式并没有让我感到重复或因惯常见到而产生疲劳，相反，每次都让我感到新扩展的局面是如此辉煌！我目睹了祖国航空事业正在铺展开越来越广阔的前景！

这时，C919开始推上油门，在跑道上加速向前冲去。然后，轻盈地离地，昂首飞上了天空。

中央电视台的女记者把话筒伸过来，问我："这个时候，您最想说什么？"我眼眶里充满了泪水，忽然感到喉头哽咽，我极力控制住声音的颤抖，大声地说："我向全体参加这项工程的人员表示祝贺，这是非常了不起的成就！我们国家多少人为C919的腾飞努力了几十年，终于走到了这一步！这是一个了不起的胜利，一个非常重要的成就！"

1903年，由美国莱特兄弟发明的人类历史上第一架载人动力飞机飞上了天空。人类社会的20世纪，是迄今为止科技发展历史上最辉煌的一个世纪，这个世纪的时间段几乎与飞机出现的百年历史重合。在20世纪初出现的飞机，经过100年的发展，好似应该再也没有什么新意。但是飞机却在100年来不断地勃发生机，不断给人类带来惊喜，成为20世纪最具象征性的产品，而且航空的发展直到21世纪初叶也没有达到饱

和。宏观地看，航空的历史可分为时间大致相等的前后两段，前一段时间里飞机变得越来越大，飞得越来越快、越来越远，可以视为一段不断上升的直线。中途发生了第二次世界大战。战争期间出现了喷气技术，且飞机普遍采用了全金属结构。这使得在百年历史的后半段，飞机进入了一个崭新的“喷气时代”，发展突然转变为急速上扬的曲线，超音速军用战机和大型喷气式民用客机的相继出现，成为航空界令人瞩目的新事物。

我于1951年从清华大学的航空工程系毕业，恰逢新中国建立航空工业之年，毕业后立即加入了我国航空工业的建设队伍。5年后，新中国决定建立自己的飞机设计事业，我是最早调入“第一飞机设计室”的几个人之一，担任了总体设计组的组长。这个“第一飞机设计室”推出了新中国第一批自行设计的飞机。以后我便一直在飞机设计的岗位上，陆续进行了一系列不同类型飞机的总体设计。为使更多的我国自行设计的飞机飞上蓝天，我和同事们倾注了大量的激情，把毕生的精力献给了腾飞的事业。

新中国设计的第一种飞机就是喷气式飞机，可以说起点不低。但是像喷气技术这样的新技术，却是我们在学校的课堂内没有学过的。后来的一些电子技术、自动控制技术以及设计中使用的电子计算机等，更是我在学生时代还不曾出现的新事物。所以毕生所为并不是简单地将学校课堂学过的东西付诸实施，而是走上不断学习新事物、不断更新观念，并且需要不断创新才能走下去的道路。

我亲身经历了航空技术在20世纪后半段的飞速发展期，也亲历了我国航空建设半个多世纪的历程。在21世纪初，目睹了我国自行研制的喷气式干线客机C919的诞生，见证了我国航空事业发展的辉煌。

这里记述的是一个飞机设计师的经历，我将自己的感受和见闻、所思所虑奉献给大家。

作者

2017年8月14日于上海

腾飞之歌

一个飞机设计师的回忆

目录

CONTENTS

动荡的少年时代

既是天使，又是魔鬼

在我幼年最初的心目中，飞机是可爱的天使。

1930年4月6日，我出生在湖南醴陵县城一家医院。4岁时我家住在汉阳机场的边缘，正在飞机起飞线的下方，常常有飞机低低地越过头顶。三引擎旅客机的机声轰隆隆，各部件的结构清晰可见。我仰头长时间目送飞机远去，无限向往。飞行展现出的那种神秘的能力，表达出的那种昂扬的意境，使我渴望接近这种能飞的机器，哪怕摸一摸也是福气。

我的父亲程炯，是一个从德国留学归来的机械工程师，曾经在机械厂、铁道和公路上工作。母亲朱启

三引擎旅客机

畴当过小学教师和校长，后来长期从事妇女联合会的工作。我最初的记忆是3岁多，父亲回国以后的第一份工作是在汉阳一座工厂当工程师，我们全家搬到了汉阳长江边。家门前是一片制砖泥坯的工地。我用制砖的泥土来捏制飞机、手枪和牛羊等，展开我幼稚的想象。

父亲带我去参观过烧砖的窑地。我看到黏土经过焙烧便成为坚硬的砖块，十分惊奇。我当时就想：用泥土制出一架大的飞机，通过焙烧变硬，应该就可以飞上天空了。这也许是我在学龄前最初对设计飞机的构想了。

后来因父亲的工作变化，我们全家迁到了济南。在我小学二年级时，爆发了日本侵华战争。我的小学和中学阶段，几乎都处在日军不断逼进下的逃难生涯中，亲历了日本飞机的轰炸和扫射。童年时代心目中晴朗明媚的天空，被横行的敌机所撕裂，成为毁灭与蹂躏的渊薮。

卢沟桥事变后不久，母亲带着我和弟妹们在战火下回到了南方。父亲留在济南抢着把铁路的器材南运。我当时7岁，父亲回到湖南乡下后，向母亲讲述济南危急之际，他们如何抢运器材，直到附近已经有炮弹落下，才在发出最后一班货车后离开。父亲在外敌入侵的紧张情况下不顾个人安危的气概，在我幼小的心灵中留下高大英勇的印象。

后来父亲在河南信阳的一座农工器械制造厂工作，我和母亲随同到了河南。但很快日军南侵，这家工厂辗转迁到湖南，在桃源短暂停留之后，迁到了湘西的山城辰溪。我是在辰溪完成小学学业的。

逃难生活中充满了苦难。记得有一次从河南到武汉，母亲领着我挤坐在简陋的敞篷火车上，列车在临近终点的一个小站上长时间停留，因为日本飞机正在空袭武汉。那天在武汉上空发生了中国空军抵抗日机的大空战，取得了首次辉煌而惨烈的胜利，这就是历史上著名的“武汉空战”。当天夜晚我们到达武汉，车站外的人力车接送嘈杂的难民，车夫因过度疲劳而没握住车把，车子向后翻倒，将母亲和我倾倒在地上。

广西桂（桂林）柳（柳州）沦陷时，我曾坐在堆满杂乱行李的卡车后部。破旧的烧木炭的卡车在山间盘山公路上蠕行，上坡时功率不足，每向上冲行一米，就要用三角形的轮挡木塞在车轮的后面，防止车倒退。而当卡车在稻田间狭窄的道路上过一座木桥时，向一侧倾翻，把我们几个坐在行李上的小孩连同行李翻落到水田中。我14岁时就曾背着沉重的行囊在乡间跋涉数十里路，迁往更安全的地方。在乡间黑暗的土屋里，我们一家拥挤着睡在人家床边的地上。

在漓江的木船上，当遇上急滩时，少年的我参加了拉纤的行列。当我肩背着纤缆、光着脚、弓着腰，

第二次世界大战时日本的“零”式战斗机

在没过膝盖的河水中与激流僵持时，当我手脚并用地爬行在光滑的岸边岩石上时，我领会到“不进则退，只有坚持才会胜利”的道理。

在国难当头的大劫大难中，数次与死神擦肩而过的经历，练就了我面对严峻生活时的不屈不挠。

我家住在湘西的桃源时，河对面是一家迁到内地的炮厂。不知日本人如何知道了炮厂的位置，派飞机来炸。我们隐藏在田间小沟里，上面盖上少许树枝，透过树叶的缝隙可以看到日本飞机一次又一次低飞掠过田野，低得可以看清飞行员的飞行帽。只见飞机目空一切地傲慢盘旋，接着传来一阵阵炸弹爆炸声。这些漆着红膏药的飞机，在我的心目中是多么狰狞可恨！

当时我们听说，附近就有汉奸，他们用镜子反光给空袭的日本飞机打信号。抗日战争中日本曾侵占了我国大片土地，侵略者对沦陷区的统治需要依靠当地人，因此中国出过不少民族败类。对汉奸的痛恨，从小便植入我幼小的心中。

我们来到沅江上另一座山城辰溪，日本飞机又飞临辰溪。我们隐蔽在树林中，可以看到从飞机上掉下的炸弹在湖南大学爆炸。我家不远的发电厂也遭到日机轰炸。飞机飞走后，我在院子里捡到一块边缘锐利而分量沉重的厚铁，令人毛骨悚然。那是弹片飞进了我家。

我家住辰溪，我小学毕业后考入了在另一座县城沅陵的雅礼中学，在那里住校读到初中二年级。学校门前鹅卵石滩上散布着好几个直径很大的炸弹坑，里面积了很多水。日本人对中国的轰炸，连一所中学也不放过。

这个时期我见到的飞机，从天使变为了魔鬼。

立志将来要设计飞机

后来我们全家随父亲的工作迁入桂林，我在桂林进入初中三年级。

桂林是中国空军和美国支援我国抗战的“飞虎队”的联合基地。我们的课业常被市内独秀峰上发出的空袭警报打断。学校全体师生和桂林市民一起躲进漓江对面七星岩的岩洞里去，这种全城性的徒步大迁移被称为“跑警报”。在岩洞里可以听到空中传来中美空军将士与日军空战搏斗中飞机发动机

作者初中时的全家照，右二（后）是作者

的吼叫声和阵阵机枪射击声。在桂林我对飞机的感觉，不再是一种被宰割的屈辱，而有冲向魔鬼去拼搏的激动和豪壮。

我目睹过空战。从地面上看，飞得很高的飞机只是蓝天上的一些小小的白十字，在高空的飞机动作很迟缓，但是俯冲中发动机的尖啸声是那样凄厉，特别是机枪连发的爆裂声从云端传来，清脆无比，十足令人战栗。

我家当时住在与桂林城隔江相望的七星岩下。我放学回家经过漓江大桥时，常常看到我方的飞机在宽阔的漓江上空进行飞行练习，做出各种翻滚特技，多是机头画着鲨鱼牙齿“飞虎队”标志的美国P-40和P-38战斗机。每到此时，我都长时间驻足观看。在家中院子里我抬头仰望，可以见到“七星岩”悬崖边的鹰群在翱翔，我常常畅想——有朝一日我设计的飞机要像这些鹰一样比翼长空、御风破雾、追云逐日。

飞虎队使用的带鲨鱼牙齿的P-40战斗机

立志长大后设计飞机时的作者

我寻找介绍航空知识的书刊贪婪地阅读，不放过参观飞机模型展览的机会。初中的墙报要我写稿，我便写了一篇《飞机的三轴操纵》的心得，张贴到了教室墙面上，这可以算是我公开发表的第一篇“科普”文章。我还常在练习簿的空白处画飞机图样，向同学们郑重“宣布”：我将来要设计飞机。

后来日本又进攻桂林。我们全家逃难来到广西东部的乡村，学校也因战乱而停课。我用从农民赶集的“墟场”上买来的牛皮胶，黏合一些木条，蒙上旧报纸，用自行车的废胎剪成橡皮条作动力，制作模型飞机。从制作中我熟悉了飞机的结构，积累了一些知识，更重要的是我不断在考虑如何利用有限的条件去实现心目中的愿望，这种锻炼得来的收获是我一辈子都享用不尽的，永远在探索中感到趣味无穷。

少年时的经历，磨砺了我的性格，使我树立了要为中国设计飞机的志向。这有如一股汹涌澎湃的巨浪，时时奔腾在我的胸怀，又似一粒深深埋进土地的种子，注定了我一生与航空事业的不解之缘。

家教和课余活动

战争中的颠沛流离，使我断断续续读过五所小学，幼年多从父母的家教中汲取养料。我读过两个省份的四所中学今天都已经成为名校，各有优良的传统。但是我随家迁徙频频转校，使得我没有被塑造为某一种标准模式的传统毕业生，却有机会领略到不同学校的教育风格。

我的父亲在上海同济大学求学期间曾是学校足球队的队长。他很崇尚一种生龙活虎的生活，重视子女的户外活动。假期中他每天亲自带领我和弟妹做早操，逃难期间也不中止。他要求我们在学校参加各种体育和其他群体活动。比如我和妹妹刚学会游泳，父亲就要求我们去参加游泳比赛，结果得了倒数第一名，我们觉得丢人现眼，而父亲却认为名次无所谓，参加比赛才是理所应当。他督促我们在和同学们互相激励中成长。

对于我的学业，父亲并不强调简单地传授现成的知识，而主要扮演的是教练的角色，着重告诉我方法，督促我自己去艰苦操练。

他见过世面，很讲究工作方法和效率。比如我按他的方法学习外文，使我一辈子的学习和工作都得益于外文基础的扎实。他知道绘画对于开发想象力和工程设计能力的重要性，小学时每逢假期，父亲对我布置的作业是：每日五道算术题、写日记一篇、画图一张。

父亲对完成这些作业的要求，是既宽松又严格的。宽松得几乎没边，但严格处又好像没有什么道理。在给我指定数学题时，父亲对应用题特别重视。一些可以用图形表示的题目，比如乘坐不同交通工具一定时间后旅行的总里程数，或者在指定长度或面积上按一定间距种树的株数，都要求绘出图形来理解题意。父亲的这种训练使我解应用题的能力特强。以后长大了从事技术工作，也是擅长为复杂的问题拟出解题方程。

每天一篇日记，对小学生很快便成为一种负担，因为日常发生的事并不复杂，每天都写便没有那么多事可记。于是我便变出一些花样，甚至写一篇幼稚不堪的“小说”来代替日记，父亲对此也不持异议，只为我改正一些错字。我也曾经用一张大纸来出自己的“报纸”，模仿正式的报纸，每段新闻用“路透社电”“法新社电”“美联社电”等作为开头，来报道我见到的周围的一些事物，比如“我来到父亲工作的工厂，看到了车间里正为抗日前方铸造手榴弹的情形。”“夏天来了，妈妈在床上挂蚊帐”或“今天妈妈给小弟洗澡，小弟一面玩水，把水都溅到盆子外面了。”等生活小动态。父亲不但不指责我的“出版”事业，反而请他的一位做编辑的朋友专门给我这个小学四年级学生进行写作辅导。这位叔叔看过我的“小说”和“报纸”，有针对性地对“报纸的排版”和“小说中的对话”做评议。我第一次受到写作方法的启蒙，简直闻所未闻，感到收获巨大。这种早期写作训练让我后来对提笔写些什么不再存在任何恐惧。

对“画图一张”则更是宽松的——随便画什么。幼儿画图喜欢临摹书中的插图，但这一点却被父亲严格禁止。他要求我画见到的任何实物，也可以画自己想象的，但决不允许照着别人的画来画。我长大后才领悟到：父亲这是掌握了绘画的真谛——临摹只能提高复制的技巧，只有素描才锻炼了观察和取舍的能力，而想象着画则更培养了构思的创造力。

我小学时读《三国演义》，对诸葛亮发明木牛流马十分赞赏，便特地回过头去细读第一百零二回。这一回里诸葛亮对木牛流马的构造做了详细说明，描述了各零件的形状是方是圆，尺寸大小精确到寸。我很想照样子造出一两匹来玩玩。不料仔细研读了诸葛亮两大段文字以后，仍然一头雾水。长大了我才知道，木牛流马是什么不但我没弄清楚，天下也没有一个人能讲明白。一些人猜测，可能就是独轮车云云。

幼时“探秘”碰壁，固然因为《三国演义》是小说，当不得真。但也使我悟到，仅用文字和数据很难表现出复杂的结构，哪怕一辆独轮车。而意大利的达·芬奇在15世纪设想的飞行器，是用图画表现的，人人一看都明白那是什么。可见要表现机械，图形比文字明朗清晰得多。我认为在后来的工程实践中，很大程度得益于自幼对图形的熟悉。

我的母亲朱启畴是早期女子师范的学生。回想起来，我很惊奇在五四运动前后中国初步接触世界先进文化的“启蒙”时期，她怎么会学到那么多后来的学生很少接触到的东西。比如她可以向我讲修辞学，她也懂心理学，还懂得逻辑上的“归纳法和演绎法”。她读过不少中外名著，会唱很多著名的歌。母亲对我的影响，偏向于文学艺术及人格塑造等人文方面。

母亲是我心灵上的朋友，也是我精神的依靠。自幼母亲对我的发展期望很高。我心里有什么事也总找母亲谈心。她的分析和期望一直是我前进的动力。在我幼时的家教中，父亲扮演的“严父”和母亲扮演的“慈母”角色，都很到位。

由于父亲的工作地在工厂，我的家虽经多次搬迁但基本都住在城镇的郊区。我的少年记忆中有很多是广阔的自然景色。我家在湘西的辰溪时，湖南大学、桃源女子师范学校也迁到了辰溪。父亲的一个堂弟在湖南大学读书，周末常带一些同学来玩。同学中有人的女朋友在女子师范上学，这样便又带来了一批女学生。我的父母很开明通达，所以，每个周末都有不少青年学生乐意来到我家相聚。战争时期一群远离家乡的青年学生在穷乡僻壤的一所陋室里聚会，成为一道很独特而有韵味的风景。

这些学生们高谈阔论，议论抗日时局，向我父亲讨教学习方法，和我母亲讨论世界名著（记得屠格涅夫的《罗亭》曾成为讨论焦点）。作为小学四五年级学生的我，则和理工科的大学生玩智力游戏。在我的回忆中，这一段生活充满着青春活力和智慧，也充满着文化气息。

我自幼爱好机械。小学时，附近一个仓库里存放着一台发电厂备用的发电机，由一部四个汽缸的内燃机驱动。这台内燃机个头很大，每个汽缸比一个人都高。

一次，这台机器进行定期开车检验，主持这项检验的是发电厂一位姓常的工程师。我好奇地站在一旁观看了启封开车的全过程。常工程师在大学读书时常来我家，知道我对机械构造感兴趣，因此在指挥间隙给我讲了一些这部机器的主要构造和工作原理。

当我问那只巨大的飞轮有什么作用时，常工程师告诉我说，飞轮以其转动惯性来平衡汽缸内燃料间隙性爆燃时的冲击。它在活塞受到冲击时能吸收能量，而在活塞没有燃气推动时则释放出能量。这种解释一个小学生理解起来还是有些吃力的，但我似懂非懂地接受了。

我在小学毕业离开的时候，请这位常工程师给我题写纪念册。他记起那次给我讲解内燃机的事，写道：“希望你今后做一具能够吸收，也能放出能量的飞轮！”

后来我在中学时仔细读了一本关于汽车构造和维修的书，以致我可以和一些懂汽车的大人谈汽车构造。航空活塞式发动机也是同样的工作原理。所以我在大学学习航空工程的时候，对于活塞式发动机的构造知识早有准备。我也常从当时的一些科技杂志上阅读电机、机械，甚至水雷的敷设等知识，对于一些机械的构造深感兴趣。

此外，我幼时还特别喜欢“小制作”。当时抗日战争的环境使我不可能有像样的玩具。小学低年级的时候，我从农村烧火收集的树枝中挑选形状合适的枝丫，用柴刀截断下来制作我心目中的枪支，便成了我的玩具。我为此十分得意，因为是我自己做的，乐在其中。

我在小学低年级时听说煤是木材埋在地下形成的，便领着弟妹在家门外面挖坑埋木做试验，直到被大人指出煤必须要千万年才会形成，我才知道这个试验是做不成啦。但是，我觉得知识的欠缺不应该受到嘲笑，只要补充知识就可以的。我至今认为一种总是跃跃欲试的精神是最有益的。小学时我还曾用小罐在火上去熬稻草等纤维材料想要“造纸”。

初中时我将牙膏皮熔化来铸造小飞机模型；从工厂的废料堆捡来铁管，拆开爆竹取出火药来造火药枪；用电线在我睡的床周围拉上线形成“电网”，用干电池向电网供电来点亮灯泡；我制造简易的手电筒；用手绕线圈来制造电铃；我曾用坏掉的电灯泡，取掉芯子之后，当作“烧瓶”来制氢；我向这球形的灯泡内充满水后，发现它又是很好的透镜，便用来制作幻灯机，将自绘的图形放映到墙上；我甚至一直努力想制造活动电影机，但因为无法获得齿轮等精密零件而没有成功。

这些制作没有一件是按照现成的图纸制造的，都是就地取材，千方百计因陋就简做出来的。很庆幸我周围没有某种“道学”气氛对我总是跃跃欲试的劲头斥为幼稚，反而我因这些活动受到父母、工厂人员以及来家里的大学生们的赞扬和鼓励，我的这种小制作爱好竟然从学龄前持续到高中，对我后来的性格和思维习惯刻下了印痕。

我以后遇到过不同行业内的一些“能人”，他们不同于许多“条件论者”的地方在于：他们总善于在平凡的条件下做出一些不平凡的业绩。我觉得他们往往都保持和发扬了童年的“富于创造性”的特质。每遇到这样的人，我们总是很容易沟通，感到有共鸣。

最初的艺术熏陶

少年时，我还有一些与艺术初步接触的机会。

小学时在湖南桃源，我曾遇见了一支少年抗日宣传队。后来在辰溪又遇到了一支由成人组成的抗日宣传的演出队，我的母亲与他们中的一些人有交往，使我有机会接近这些文艺队伍，我幼小的心灵受到了最初的文艺陶冶。

进入高中后，我参加了学校的话剧活动，在整个高中三年，课余的戏剧活动成为我学校生活的亮点。

那时广州、香港以及“文化城”桂林先后沦陷在日军手中。有一批文化人从这些城市逃难到了我家当时所在的桂东小镇“八步镇”。他们组织了一个剧团在镇上演出话剧。他们中，有的有很深厚的戏剧或电影的家族渊源，能在舞台上从容发挥、气概万千，也有的具有非常好的艺术素养，能够把各种完全不同的角色演得精彩绝伦。他们演出抗日打鬼子的话剧，也演出一些世界名剧，如罗曼·罗兰的《爱与死的搏斗》、俄罗斯的《大雷雨》和《复活》等。我去看过这些演出，深深被名著的艺术感染力所震撼。

后来我所就读的高中与这个专业剧团合作演出多幕剧（曹禺的《蜕变》和俄罗斯果戈里的《钦差大臣》）。老师指定我和几个同学也参与扮演剧中角色。一般中学生演剧只是在台上装模作样地装扮他们不可能成为的人，进行着一些他们不可能从事的活动，从模仿中感到愉悦。而我在接触到这些演艺高超的演员们后，生出一种感觉：舞台上表现的总是人生中波澜壮阔的断面，往往是生活中最尖锐的冲突、最激情的瞬间。而一个演员最大的享受，是在规定的场景和人物的框架中最大限度地激活自己的想象，来进行一场情绪的宣泄。

所以我演果戈里的《钦差大臣》、演翻译的独幕喜剧《少女的心》《会客室的风波》，还演多幕大型抗日话剧《山城夜曲》等等，都对角色进行了痛快淋漓的演绎，从中感到很大的满足。这在我的中学生活中是一种很难得的文化实践。我从高一开始参加演出，在全校参加演出的同学中，学校唯一对我的舞台活动进行了奖励，奖品是一本《论演员的自我修养》的书。看了这本书简直让我大彻大悟。后来我才知道原来这是苏联斯坦尼斯拉夫斯基的戏剧名著，世界戏剧界一个重要的理论学派的代表人物。我很喜欢这本书，它使我以后在舞台上更加自如地发挥。

我当时的年龄在同班同学中最小，个子还没有长成，身体瘦弱，平日里我是一个怯生生的少年，显得没有自信，但是到了舞台上便能叱咤风云，得到老师和同学们的赞许。在16岁离开高中之前我扮演过少年、中年、老年以及外国人（波兰历史剧《晚祷》中外国的正直议员）等不同角色。偶尔在街上遇见邻校的女学生们，她们认出我就是那个在舞台上活蹦乱跳、生龙活虎的低龄学生，便一面窃笑一面惊奇地指点着互相告知，给我小小的虚荣心一点异样的满足。

考取北京清华大学以后，父亲知道我喜欢小提琴，就买了一把练习琴作为对我的奖励。我便提着琴盒北上到了清华，从此告别了戏剧舞台，业余文艺活动转向了音乐。

那以后，我在从事物质生产的工厂工作，对文艺的爱好使我获得很多友谊。在各种环境下，我和工人朋友在共同试制新飞机时合作默契，有的人过了几十年还有联系。也许文艺活动有一种亲和力，让我拥有了一些不可多得的朋友。

文学和戏剧成了我终身的爱好。在东北飞机工厂的15年中，我是业余文艺活动的积极参加者，并始终保持着对艺术的爱好。我从飞机工厂出差或南下探亲经过北京时，总希望在路过北京时能碰到三个机会，一是看一场话剧，二是听一场交响音乐会，三是看一次油画展。此外，舞台表演经历对我的文学创作也有帮助。我常在写作小说角色时运用“斯坦尼”体系去揣摩当事者内心的“潜台词”。

文学艺术对我心灵的陶冶净化有着潜移默化的影响。中外古代神话传说中开天辟地的英雄伟绩，如“夸父追日”“女娲补天”和普罗米修斯“盗火者”的艰苦卓绝，都深深触动了我少年时的心灵。贝多芬身为音乐家却聋了耳朵，仍然创作出那样辉煌的乐章；布鲁诺提倡“地动说”而遭受火刑，刑前仍然声言“地球仍是转动的”，那种坚韧不拔，使我深为震撼。许多中外名著中塑造出的形形色色的人物展示出的人格万象，使我在判断人们的行为、心理以及确定自己的举止时树立了参照系。

对文学艺术的爱好，使我对创造无比崇敬和向往。我相信文化需要不断创造才具有充沛的生命力，而决不愿相信仅靠重复堆砌陈旧的东西会形成文化的繁荣。这使我在以后所有的活动中，不论是科学理论研究、工程设计，还是业余的文学音乐和美术活动，都非常注重发挥创作能力，这几乎成为一种性格特征。

抗日战争中的血与火、逃难中的颠沛流离、父母的关心和呵护、学校老师的启发和鼓励、幼小心灵中隐藏的雄心壮志和富有色彩的精神生活，交织成了我错综复杂、色彩斑斓的少年时代。

进入航空世界

当头棒喝被劝说离开航空系

我现在只要闭上眼睛，仿佛就能看到我17岁时独自到北京，初进清华园，来到有“清华学堂”几个大字的一院大楼报到的情景。

1947年是我高中的最后一年，从大学的介绍资料中知道了远在北平（今称“北京”）的清华大学，是中国第一所建立航空工程系的大学。我便报考清华大学航空工程系，并且被录取了。

同时我也被上海的大学录取，但不是航空系。有的长辈对社会情况有更多了解，曾劝告我说在当时的中国，学习航空的前途并不好。我的家在南方，当时

作者1947年进入清华园时的模样

北方被认为是局势不稳的地区。在我面前出现了岔路口。如果当时我选择了另一所大学，另一个学科，那么我会有一个完全不一样的人生。

可是，凭着多年来树立了要为中国设计飞机的意愿，我坚决北上。

我满腔兴奋地进入清华园，几天后便参加了欢迎新生的座谈会。当时北平尚未解放，航空系系主任介绍本系情况说：中国的航空事业发展势头很微弱，学航空的学生毕业后很难找到合适的工作。他建议志愿学习航空工程的新生最好考虑转到其他科系去。

这对我简直是一声当头棒喝！

应该说系主任说的是事实。第二个学期果然有一些同学转到了其他院系。有一位同学转到了建筑系，他看到我平时对艺术也很有兴趣并有一定基础，曾竭力鼓动我也转到建筑系去，他认为那是工程与艺术结合得很好的领域。

铁定不移，我要设计飞机！

我在学龄前就向往征服天空，在国难当头亲历的那些血与火的苦难，我从悲怆积愤的历史中树立起来的豪情壮志，不能就这样放弃。

凭着这一份执着，我坚持继续学习航空。我们这一班留下来大约有30多个同学。当时我想，哪怕只留下几个人，我也一定要设计飞机，无怨无悔。

航空专业是在20世纪飞速发展起来的领域，它的前沿技术不断在向前推进，理论含量在当时工科各专业中是最高的。在上半个世纪，中国学习航空的学生到国外去，个别人在单科性理论研究上有所建树，获得了世界性知名度，让不少学习航空的人仰慕。有的人被航空理论发展的潜在空间所吸引，希望将来成为一位学者。可是我希望设计飞机，坚定地选择了留在航空系就读。至于将来是否会真的有设计飞机的机会，我想都没想过。

孕育着腾飞思绪的校园

来到清华注册入校的时候，我看到清华有一个“音乐室”，有音乐课程可供选修，但是不计入学分。清华大学从来没有音乐系，但是出过不少音乐家。比如在中国音乐史上有过重要贡献的赵元任、刘半农、黄自等，都是清华毕业生。清华大学音乐室开设了一些音乐课程辅导爱好音乐的学生。当时的音乐室主任张肖虎教授，本是清华土木系毕业，但成了著名的作曲家，新中国第一部舞剧《宝莲灯》就是由他作曲的。

我在中学时便很喜爱音乐。因此，我除了航空系新生的必修课程之外，还选修了音乐室的小提琴和“和声与作曲”的课程。可以说我在进入清华的第一天，在注册选课的时候，同时进入了航空和音乐两个殿堂。航空技术成为我终生的事业，而音乐则成为我一生的爱好。

除了课堂、图书馆和设在灰楼的音乐室之外，我最喜欢的地点是航空馆后面一块放置旧飞机的场地。这里存放的几架飞机的保管状态都不够好，显得破烂陈旧。但这一点也不妨碍我观察飞机的各部分构造，并烂熟于心。我还随同带课的老师乘卡车到南苑机场，运回了一架报废的二战时加拿大“蚊式”战斗机。

对工学院一年级学生来说，第一个克星是“画法几何”这门课程。我在绘画中的素描训练，让我对空间关系有一种直觉的领会能力，对复杂的图形问题能够很快看出解决的途径。所以我学这门课没有感到困难，反而解题特别快。

在机械实习中，我被指定为小组长带领几个同学拆卸一台小功率内燃机，然后再把它装起来。我对内燃机的构造很熟悉，并且丝毫不怕油污弄脏了手，拿起工具就很利索地动起手来。完成这项作业我感到十分淋漓酣畅。在二年级的电工实习中，要求在最短时间内完成复杂的空间接线作业，空间思维能力使我能迅速作出反应。带课的助教趁我不注意，恶作剧地藏起我必须使用的一根导线，让我在寻找这根线中耗去一些时间，使我不能在超纪录时间内完成，最后还诙谐地指出我的毛病：“要注意保持各种器件就位！”

我对音乐课程很投入。上张肖虎教授的“和声与作曲”课，我努力做了许多习题。

1947年，我17岁进入大学一年级时，在清华管弦乐队演奏第二小提琴，指挥是张肖虎教授。我们排练的主要曲目是舒伯特的《未完成交响曲》，也排练过张肖虎作曲的《木兰从军交响诗》及西洋音乐的管弦

在清华礼堂前与爱好音乐的同学们在一起。左第一人为作者

乐序曲或乐章。选《未完成交响曲》大概是因为该曲使用的乐器符合我们乐队的配置，如有双簧管、单簧管、圆号及大管等，并且我们乐队勉强可以胜任此曲的演奏。此曲以其忧伤感人的乐调载入世界音乐宝库。舒伯特英年早逝，作品以残缺的乐章流传下来成为一部独立的名曲，这在某种程度上更加重了它的悲剧性。每次排练，我都要用心灵感受一次那充满忧患的乐曲在双簧管、大提琴和圆号间流转。

随着我小提琴技艺的进步，我在乐队里很快被调换到改拉第一小提琴，并不久担任了首席提琴手。

开国大典之夜的飞机灯

读大学二年级的一天，我们正在航空馆的教室上课，突然不远处枪声大作。上课的老师也愣了一下，接着继续上完了这堂课。原来这是解放军已经打到了北平郊区。清华园比北平城提前解放。后来才知道老师是地下工作者，对于将要发生的事早已接到了通知。

一天，北京西山脚下西苑机场的油库焚烧起来，冒出的浓烟在铅灰色的天空上展开，像一座黑色的山脉似地横亘在清华园上空。我从未见过这样大体积的人为产物。几天后，天空压顶的黑烟终于散尽，换了一个天空。

有一次我从饭店出来，看到一架开着舱门的运输飞机飞来，飞着飞着掉下一个黑点，不久便传来“轰隆”的爆炸声。这是国民党用飞机轰炸清华园，使用的是从运输机的侧舱门向外扔炸弹的原始办法。轰炸的过程正好被我目睹。

新中国成立了。留在清华的全体师生参加了开国大典。大典后有盛大的提灯游行，各机关、团体、学校都制作了大灯笼。清华航空工程系的师生讨论说，我们做一盏什么样的灯笼？

最后统一的意见是：我们学航空的，要造一盏从未有过的飞机灯！这代表我们的专业，更是我们的热切志愿！航空系从各班抽出人员合作制作了一盏很大的“飞机灯”，我被班级推选为代表参加了这盏灯的制作。这盏“飞机灯”的结构也不是按一般灯笼制作的，在某种程度上体现了飞机的实际构造。

开国大典之夜，长长的游行队伍点亮了各种灯笼，蜿蜒通过天安门前，经过北京广大的市区，形成一条长长的火龙。我们航空系制作的这盏由一辆推车载着的尺寸很大的“飞机灯”在天安门前众多的灯海中大放异彩。通过检阅台时，受到天安门城楼上国家领导人的鼓掌喝彩。这不仅是对这盏灯的创意和工艺的赞扬，也是对我们这群莘莘学子热情洋溢的意愿的肯定。在北京市内通过各条主要街头游行时，无处不受到万人空巷的群众热烈的掌声。当群众看到“清华大学航空工程系”的大横幅后面，就是一盏栩栩如生的巨大的“飞机灯”时，有人对游行队伍高喊：“希望你们以后设计出真正的飞机来！”我走在队伍中，听到这话不禁喉头哽塞，热泪盈眶。

今天大概很少人知道，新中国第一架自己设计的飞机是一架纸飞机，是一只飞机形状的纸灯笼，出现在共和国成立的第一天。这丝毫不带任何嘲弄，而是一个象征，是一种汹涌的建设热情的表达。

三行字的“论文”

从三年级开始，我成为当时学校的“三大指挥”之一，担任清华管弦乐队的指挥（其他两位都来自物理系，分别是军乐队和合唱队的指挥）。

学业方面，教我们“材料力学”课的是当时的“才子型”年轻教授钱伟长，他少年时本来想学文科，所以极富文采，但转学理工后取得很大成果，在美国参加过最早的火箭工程。他在学校以教师身份参加运动会，在运动场上也是生龙活虎。

三年级时课程转入航空专业课。我很喜欢“飞机空气动力学”、“飞机结构力学”和“飞行力学（操纵与稳定）”这样的课程，大概因为直接关系着飞机设计。

当时给我们上课的教授中，讲“飞机结构力学”的王德荣教授，在我还只有7岁时他便获得了英国伦敦大学帝国理工学院的硕士学位。我毕业离校十几年后参加一次他主持的航空学会议，没有想到，这么多年后这位老师还能马上叫出我的名字。

教我“飞机空气动力学”的是一位女教授陆士

嘉，当时30多岁，是中国第一位获得德国洪堡基金的女博士。她有一个显赫的师承关系：她是世界航空学“祖师爷”级的德国普朗特的唯一中国学生和唯一女学生。所以从辈分讲，她是美国顶尖级空气动力学家冯·卡门的同辈，因为冯·卡门也是普朗特的学生，而中国的大师级科学家钱学森则是冯·卡门的学生。陆教授后来曾作为我国科学界重量级人物参加国家代表团出国访问，显示我国深厚的科学根基。我离校25年后在一次航空学会议上再次见到她，前去问候时，她清楚地记得我，我奇怪她的记忆力这么好。

陆教授的丈夫张维教授也从德国回来，当时同时开了“材料力学”的课。钱伟长教授讲力学以数字的推演思维见长，而张维教授讲课则强调物理概念。所以我常常两边换着听。张维教授后来担任清华大学副

大学时代参加课余音乐活动

校长。50年后，他还非常关心我国航空事业的发展，以科学界知名人士的身份多次参加高层讨论会，我遇见他时，总是保持学生的姿态向他介绍情况，回答他的问题。

教我发动机课的是宁幌教授，我还是10岁的小学生时他已经在英国牛津大学获硕士学位了。给我们上课的还有沈元教授，他是英国的博士，当时刚回国不久，据说他是英国航空学会最年轻的会员。新中国成立以后他曾任中国航空学会第一、第二届理事长。

屠守锷教授曾在美国麻省理工学院获博士学位，后来曾在美国飞机工厂担任工程师，所以他的经历中有更多的“工程”的体验。我毕业离校后，他被调往火箭和航天部门，担任了我国好几种火箭的总设计师，成为我国航天事业建设的有功之臣。

半个多世纪之后，我浏览《中国大百科全书》的航空航天卷时，看到这些教授对中国航空的贡献赫然留名后世。我不禁想到：由知识传递的路径，可以清楚看到中国航空科学思想发展的脉络，它的主流来自世界科学发展浩大而丰富的源头。

当时还有徐华舫、赵震炎、曹传钧、何庆芝、张锡纯、董寿辛等老师给我们上过课，后来他们都成为教授，在航空教育岗位上一生勤恳耕耘。

我在学习上还遇到过一件小事。一次上课，一位年轻教师讲到一个飞行力学问题时，在黑板上写下了一个相当长的积分式。这定是他从一本外文资料中摘录下来的，至于式子的物理意义，他并没有深究。不料一个同学提问：式子中各项代表什么意义？年轻教师一时语塞了，只说，这个式子照用不误就可以得到正确结果。

我坐在课堂上，细看了黑板上的公式，忽然明白了它的道理，便从笔记本上撕下一张纸，写了三行字：“老师，我认为这个式子的第一项代表什么，第二项是其改变的贡献，乘以第三项则是什么什么……”，下面署名。下课走过讲台时我交给了授课老师，请他指正。

以某些世故的眼光来看，这也许有逞能叫老师难堪的味道。20岁的我不会考虑得很周到，只不过直率地表露对科学问题的看法。可贵的是，这位教师丝毫没有计较我“方式不妥”，而是课后把这三行字纸条张贴在布告牌上，作为对同学问题的解答。

这三行字，便被同学们戏称为我的“第一篇论文”。

中华人民共和国成立后，飞机再次飞临清华园的上空。那是解放军新成立的空军在练习，不知为何选择清华上空作为翻滚腾跃的空域，煞是壮观。不少同学都驻足翘首观看。

我当时正在场，仰着脖子看得忘乎所以。后来我向一位同学讲起当天下午有飞机在运动场上空飞行，他笑着对我说：“我也看到了，当时你兴奋地大叫，俯冲！……拉起！………斛斗！……”我茫然看着他说：“我叫了吗？我叫了吗？”也许我真的情不自禁地叫了。

但是，中国的航空事业当时究竟是什么状态？以后怎样发展？我们毕业离校后将是怎样的工作环境？我们却是心里一点数也没有，心中朦胧地怀着对未来的希望。

在废墟上铸造辉煌

21岁时我大学毕业。我们是四年本科正式毕业，我们的下一届便有了三年“提前毕业”、大学院系调整等一系列的变化。

我们这一届毕业生，离校后立即投入到20世纪50年代开始的建设热潮之中，在不同的岗位上、不同的环境中发挥各自的光和热。作为一名工程设计人员，我个人的历程只是时代的一朵小小的浪花。

我毕业后的第一份工作，是设计新中国第一批航

1951年清华大学毕业时

空工厂。

新中国在1951年建立航空工业，首先需要有生产能力。我们正在这一年毕业，全班30多个同学约有2/3被分配到重工业部新成立的航空工业设计处，形成了设计处的主力。大汽车把我们拉到重工业部，在北京前门外租下一整座旅馆，供我们这批刚毕业的学生居住。

我们刚安置好行李，航空局的负责人段子俊便特地来到我们的住处，对我们这批即将投入航空工业建设的大学生表示热情的欢迎。我们在楼下的厅堂里举行了欢迎座谈会。我被指定为“司仪”主持座谈会，散会时还由我指挥大家高歌一曲。

我们的工作地——重工业部则设在北京东交民巷。东交民巷在中国近代史上可是一个有着特殊地位的地方，中华人民共和国成立前是各国使馆的驻地，中国人不得入内。东交民巷的西头，是以前美国军队的兵营。北平解放时，解放军入城就特地安排了军队游行经过东交民巷，坦克大炮轰隆隆通街而过。我们报到的地方就在东交民巷内的一个院落，据说以前是美国花旗银行的办公场所。

我们第一天上班，看到办公室各处不少苏联人，很出乎意料。

原来中华人民共和国成立后，中国领导人出访苏联，与苏联高层领导会晤，签订了《中苏友好同盟条约》。据说当时苏联领导人曾提醒中方：根据苏联在第二次世界大战中的经验，在现代战争条件下要建立起有效的国防，空防建设是必不可少的。而强大的空军需要强大的航空工业来支持。

另一方面，新中国刚成立，抗美援朝战争正在进行。国家的经济情况非常窘迫，百废待兴。据说要建设一条飞机起飞的跑道，就需要一卡车的黄金。面对国防建设需要和资金短缺的矛盾，国家领导人下了很大的决心。我们听说，高层领导抛出了掷地有声的话：“哪怕把裤子当掉，也要把航空搞起来！”

我在进入大学时发展势微的中国航空工业，就要大干快上，掀起改变历史的建设高潮了。

根据中苏航空工业合作条款，苏联派出了一个成建制支援建厂设计的技术队伍。我们就是和他们一同工作。在我工作的设计小组里的苏联专家名叫沙文可夫，室主任是更老的专家杜波夫。沙文可夫很活跃健谈，而杜波夫则有些发胖，动作比较迟缓。但是他们到建厂工地去出差，杜波夫仍然和我们一起爬地沟做实地探测，表现出很强的敬业精神。

首批选定的三个飞机工厂的地址，都有一段不凡的历史。在东北的两座，一座曾是日本侵华时建的细菌工厂，另一座是日本“满飞”所在地（“满洲飞机公司”），抗日战争胜利后伪满“皇帝”被押解苏联的起飞机场。在南方的一座，则是在民国初期最早和意大利合资的飞机工厂，抗日战争中曾是中国空军的出袭基地，起飞袭击过江阴炮台等重要目标。但也经受过日本飞机强行降落，用机枪水平扫射，拔去地面的军旗扬长而去的耻辱。

我们就是要在这样负载着耻辱和血泪的土地上，建设起第一批现代化飞机工厂。

飞机工厂会是什么模样

和苏联专家一同工作，首先碰到的是中方技术人员和苏联专家的交流问题，那时中国学生外语学的是英文。

我是极偶然才学到一点“可笑的”俄文的。20岁读大学的最后一年，我们在大学里看苏联电影，字幕上有些字母是英文字母反写，觉得简直稀奇。不久清华大学的外文系开了一个俄文班。我出于好奇，便去旁听俄语课。不料我走出大学校门，第一个岗位就是与苏联专家一同工作。这批大学生中，只有我一个人还算“旁听”过俄语。当时为每个专业都配备了专职翻译，都是刚从俄语学校毕业的青年男女，但是他们学的只是语言，对航空专业毫无了解。沙文可夫的办公桌就放在我们组内，我们成天在一起。他平日与翻译只谈一些有关语言或生活方面的话题，而周围的中国技术人员又不懂俄语，有关工作的事只有找我，逼得我努力自学俄语。

单位部分同事参加了俄文速成培训班。我用同事们从“速成班”学来的一些方法，结合自己“创造发明”的方法来自学。比如，当时有一出苏联话剧叫《曙光照耀莫斯科》正在北京上演。这出戏演出的围绕工厂产生的各种事件，正是我们每天工作要碰到的各种话题。我便买来俄文及中文的剧本，先看中文本。凡看到可能在工作中用到的句子，就到俄文剧本中查出相应的说法来，把它记住，并且争取第二天就用上。只要用上一次，这句话就成为我的语库中的一部分，下次再用就很随意了。这样我的俄文进步神速，比起那些经过一批一批培训的同事来，我仍然超前领先。

旧中国没有完整的航空工业，可以说就没有像样的工业。我们在第一个五年计划的工厂规划设计中，不但要做出设计，连许多名词都要新取。比如工厂的基本组成单位是“车间”和“工段”。飞机工业里哪有什么“车”，分什么“段”，那都是从中国最早的

作者参加建厂设计的五座航空工厂之一的飞机总装车间

工业——铁道工业借用来的。

但是航空工业有许多特有的设施和装备却无处可借鉴。于是，只能根据所理解的情况来“创造发明”一些新的叫法。先由苏联专家说明这是什么东西，它的功用是什么，它的工作原理是什么。往往都是告诉我，然后我想出一个叫法来。比如航空工业特有的“落锤”“点击锤”等，都是我取的名字。后来我听到一些工厂负责人讨论问题时常常提到这样那样的设备，我不禁想，现在大家讲起来这样顺口的设备名字，还是由我最先写进设计图纸说明里的。

协助我们工作的苏联专家没有料到中国原有的基础这样差，所以并没有带来传授启蒙知识的必要图片资料，只有向我口头描述这些设备的特点。并解答我的疑问，我逐渐才明白一些，便根据自己的理解绘出图形来，问沙文可夫是不是这么回事。沙文可夫有时说：“就是它！”有时会更正一两处细节，就这样我拥有了一套中国没有过的设备自绘图形。以后沙文可夫与其他人交流发生障碍时，便召唤我说：“请把你的那些图拿来！”

这时我国土地上还没有真正的飞机工厂，这种工厂还刚出现在我们的绘图板上。

飞机工厂无疑有一般机械工厂都有的机械加工车间、热处理车间、铸工和锻工车间。此外飞机工厂的总装车间通常以面积广大并有很大跨度著称。总装车间通常设在机场旁边，以便装好飞机便可以投入试飞。飞机的各种部件如机身、机翼和尾翼，则由部件铆接车间提供。这些铆接车间装备着许多模样奇特而尺寸很大的“型架”，通常十分坚固高大。这种型架像森林中的大树一样分布在车间各处。

铆接的动力使用压缩空气。所以飞机工厂有很强大的压缩机房，通过复杂的管路系统向全厂供应气源。而压缩机机房外面为冷却水而修建了喷水池，构成飞机工厂内一道颇有休闲意味的风景。飞机工厂还必须有制造钣金零件的车间，就是用铝合金板材制造各种形状的飞机零件，有些零件（如大张蒙皮）具有相当大的尺寸。钣金车间装备有各种冲床，各种敲打零件的冲击设备和大功率的橡皮压床，以便成批地压制铝合金弯曲零件，并有许多修整零件的手工工作台。钣金车间通常离热处理车间不远，因为铝合金零件弯曲后需要热处理变硬，但在时效期限内必须修整。而数控车间则通常有大加工台的机械铣床，以铣切大尺寸的飞机结构整体件。

这些构成了飞机工厂的特殊风貌。

欧几里得式的思维

我和同学们每天投入大量的绘图、布置车间、编写说明书等工作。在学校里我们并没有学过建厂设计的课程，在实际工作中逐渐学到不少东西。

过了一段时间，我不安分的大脑开始思考："这样一点一滴积累，还是没有搞清楚工厂设计究竟是怎么一回事。如果身边没有苏联专家现场指导，今天叫你设计一座工厂，你拿得起来吗？"于是我几次向沙文可夫提出，请他"系统地"给我们讲一讲有关工厂规划设计的问题。他同意了，但是每次他讲的，都还是我们每日遇到的这些。

我出于长期接受的科学教育，觉得每一门学问，都是从现实现象中总结出几条根本性的内核，再反过来由这些内核推演出一系列具体办法。最突出的例子便是欧几里得的几何学，从8条"公设"顺理成章地推导出整部几何学。那么设计的要义是什么？它的前提是什么？目的又是什么？它内在的逻辑和机制又是什么？

我觉得设计的内核应该是"创造"。设计的目的，就是要创造新的生产力。这首先要求做出总体规划，至少应该像战场上指挥战役的将军那样策划部署、深思熟虑，绝不是就事论事、仅仅具体组织射击所能包容的东西。

所以设计是一个“从总到细”的过程，而不是一个由常规操作堆砌起来的“从细到总”的过程。它从设计任务出发，然后分解到很多下延层次的要求，最后通过细部的具体操作，汇总为一个新的整体。这样，我查阅了过去的设计资料，弄清了设计思维的来龙去脉，把这些写下来供自己备忘。

这份备忘录被同学高镇嬴看到了，他觉得颇得设计要领，挺不错的。对我说：“以后新同志调来设计处，你都给他们讲一课！”

虽然当时我们从事着重要的工作，工作条件不错，也可以学到不少东西，但是内心深处还是希望有一天能将航空知识用于设计飞机。记得一天清晨上班前，我们几个同学在大楼平顶上闲谈，大家向往着建设的发展，说总有一天国家会把设计飞机的事提上日程。说不定到了那一天，我们还有机会被委派到飞机设计岗位上去。这时我内心涌出一种憧憬，久久不能平静。这是出自内心理想主义的一种召唤。究竟什么时候才能设计飞机？到时候谁能走上这样的岗位？巨大的悬念挂在我的心头。

生产的脉搏在跳动

我国的第一批飞机和发动机工厂尚在建设中。中国空军从苏联进口的飞机有的遭到战伤需要修理，有的使用到了期限需要翻修。航空工业局要求这些工厂首先担负起修理飞机的任务。这样就形成了我国的航空工业“从修理走向制造”的独特发展道路。

修理任务一上手，工厂立即繁忙起来。一次我在东北正在建设中的飞机工厂出差。我看到修理车间拆开的飞机机翼上，有空战中留下的机枪弹孔。在寒风凛冽的哈尔滨机场，我也曾看到部队的试飞员从飞机上下来，对工厂的人员说，“电瓶还是不大好，换一个电瓶，我立即飞回部队”，显示出一种战争中的惨烈和紧迫气氛。回到北京的设计处时，我特地在黑板报上写了一篇出差见闻，描述我在工厂现场的感受。

工厂的生产高速运转，在北京的航空工业局生产技术处猛然感到人员紧张。当时很多受过专门技术教育的人员首先充实航空工业设计处。1953年5月，航空局决定从设计处抽出人员来加强生产技术管理部门。首批决定抽调两个人，我被调往飞机生产技术处，另一位到发动机生产技术处（后来这位同学不幸英年早逝）。

后来有人告诉我，在20世纪50年代初分配人员的时候，按重要性的优先级，首先保证航空局机关的需要，其次是几个大厂（包括航空工业设计处）的人员。所以我被调到航空局，有同学笑称是“上调到更重要岗位”。但是生产管理比设计处的工作显得琐碎繁杂，我当时没有看到这对我的人生是一种磨砺和锤炼，离开刚开始熟悉的岗位，内心还有些恋恋不舍呢。

像古代尼罗河泛滥

中华人民共和国成立初期，战争的阴影还没有散尽。一次北京机关召开大会，通知说：美国在东北投下了细菌弹，因此在一段时间内，一般没有急事就不要出差，以免病疫传播。但是会后，单位领寻却立即通知我到东北出差。可见我们当时从事的是超过了个人安危的工作。

位于哈尔滨的飞机工厂，正是日本侵占东北时期的“细菌工厂”731部队所在地。我出差时云看过已被炸塌的细菌工厂的发电厂和对中国人进行残酷“活体试验”的地下战俘囚室。

一次我正在东北一座城市远郊的飞机工厂的生产科办公室里，忽然有人叫道：“哎呀，着火了！”我向窗外一看，果然从相邻的发动机厂冒出大股浓烟，从方向上应该是发动机厂远角上的试车台。办公室的同事是飞机工厂的，都有自己的工作任务照常进行。但是我想我是从北京来的，哪个工厂着火了也应该有我的事，便连忙向邻厂赶去。

发动机厂的每个车间都涌出人群，从每一条路奔向烈火去。真是火警就是命令，浓烟起处就是集中地。油料着火所造成的山岳般的浓烟耸立在前方，遮天蔽日。跑着跑着，一个姓戴的技术员从后面赶来。他也是从北京机关来出差的一个，是个四川人，不知他从哪里找到一个红色灭火器扛在肩上，从后面超过我跑到了前面。他越过我不远跑了几步，弯下身“嗵”的一声卸下肩上沉重的灭火器，气喘着说，“我不行了……”，旁边经过的人二话没说，提起他的灭火器扛上肩继续向前跑去。我走过时看到他脸色发白地蹲在地上。我没有时间去管他，随着人群继续向火场奔去。

迎着人群有人用门板抬下来几个事故中的伤员，人们用肩高高扛着门板，门板上的伤员被烧得四肢向天空翘曲起来。人们迎着撤下的伤员跑向前去，真是一幅前仆后继的景象。

当时工厂的设施还很简陋。离试车台边不远就是用钢架支在半空中的一个巨大的油罐，试车台腾起的烟柱，令人心惊地贴近油罐飘过。如果油罐被引燃爆炸，将出现不敢想象的灾难，整座工厂和这些密集的人群都会化为灰烬。但是成千的人义无反顾地向火场集中。到了现场，一方面奋力灭火，一方面同心协力从试车隔间中抢拉出尚未损坏的发动机。最后终于控制了火势。

我常常回想起当时的情景，那自动汇集奔向烈焰的人流，显示出一种强大的精神。他们本是从全国各地汇集到这个遥远的僻野中来的。虽然已经进入和平时期，但建设也需要有一种忘我的献身精神。

刚到新岗位一个月，科长刘鹤守要求每人写一篇工作总结，提出自己的感受和建议。刘鹤守是从上海交通大学航空系毕业的，学生时代参加了地下党。他对工作认真负责，并且勤于思考，素来被众人称道。

我觉得工厂的生产节奏出奇地不均衡，每到月末加班加点，全厂几乎昼夜不停地“连轴转”，才能抢在月底半夜钟声敲响前勉强完成任务。然后就是全厂休息，从干部到工人都要补一补欠下的睡眠。之后生产才缓慢地重新运转，逐渐加速到月底再来迎接不要命的冲刺。这种“前松后紧”的现象如此严重，以致于我在小结中写道：“简直就像古代尼罗河的定期泛滥一样，准确地定期发生。难道真是可预测而不可预防，没有一种办法扭转过来吗？”

刘鹤守把我这篇小结交给全科人员传阅，原来他很赞赏工作中能发现问题的主动性和独创性。以后他对我写的一些文字，常在思路上和逻辑上提出完善的建议，我们的交往断续维持了数十年。

从实际出发的思考

生产管理工作非常繁忙。每天早上一上班，就要接到远从东北打来的长途电话，他们汇报工厂的生产进度，提出要解决的问题。信息都汇集到我所在的生产处，在这里分流，分交到有关部门，最后还要了解解决的情况，忙得我晕头转向。

每周一的上午，管理局主管生产技术的副局长徐昌裕要召开全局的生产会议，在会上要了解工厂里生产的进程。我运用图像思维的方式，制作了一个大硬皮夹子，打开来是代表工厂各个车间的插袋，同时制作了很多卡片，每张卡片代表一架飞机，写上该机机号和目前有待解决的问题。当该机从一个车间转向另一个车间时，我就将这张卡片换插到另一个插袋里去。

我带着硬皮夹去参加会议，会上可以回答关于生产情况的各种问题。各部门代表伸过头来看我的夹子，惊奇于这样一项小制作把远在东北工厂的基本情况浓缩其中。

当时我读了一本有关气象学的科普著作，其中讲到纷纭的大气现象，可以归结为温度、压力等有限几个参数。只要掌握了这几个基本参数的分布，就可以了解气象变化的主要走向。我当时想，那么纷繁复杂的生产现象，可以由哪几个参数来表述呢？我认为两个主要参数是生产的周期和节奏。于是我统计了过去生产记录中这两个参数的变化。当时每周五的下午是“业务学习”时间，机关内的工作人员交流工作心得。轮到我讲时，我便把统计曲线贴在墙上，对之进行分析，得出生产秩序是否有进步的结论。

针对当时工厂生产严重不均衡的现象，航空局决定在工厂推行“作业计划”制度。生产处派了一个“调研组”到哈尔滨飞机工厂，研究推行“作业计划”。组长是刘鹤守，还有几个毕业不久的大学生配合他工作，我是其中一员。刘鹤守指定我了解一个黑色金属零件车间。在厂工作一段时间之后，他要求每个人写一篇小结。

经过实地调查，我觉得在飞机修理过程中，经常会临时出现需要补充的零件。如果每出现这种零件都需要按程序提出申请，列入下个月的生产计划才能进入生产流程，会人为拉长修理的周期。针对修理任务的特殊性，我建议在正规的“按计划生产”的渠道之外，开辟另一条满足这类“急件”供应的管理程序。

刘鹤守根据他本人的考察和全组人员的调查，写了一份全面的总结报告。他对我说：“把你的小结用复写纸再誊写一份，交给我，我作为总结报告的附件发到航空局去。”

他这样做使我第一次“闻达于诸侯”，以致后来航空局副局长徐昌裕下厂来实地视察工作、听取调研组的汇报时，特地询问我的见解。这件事使我了解到：从实际情况出发来形成自己的意见，是一种重要的工作作风。

综合性运筹

航空局推行《技术组织措施》的管理方法。这是一种组织多方面的工作来完成一项特定总目标的综合计划。比如当时一个飞机工厂对飞机的翻修是不全面的，飞机有些系统（如氧气系统）就并不修理，而是原样出厂。这时要求将修理范围扩大到五大系统。为此航空局要求工厂提出一个扩大修理能力的综合计划。

当时处于建设初期，工厂的管理层也不清楚这种工作应该如何来做。他们报上来一个计划，内容很空洞，不具备操作性。生产处的处长陈大鸿是新中国成立前从西南联大毕业的工程师，从事过地下工作。他要求我去问一问苏联顾问对工厂计划的意见。

在生产技术处的苏联顾问是飞机专家凯德洛夫。我带着工厂的计划去找凯德洛夫。自从他知道我懂俄文，和我的谈话就从来不叫翻译。

我把工厂的计划口头翻译给他听。他听后说："综合计划不应该这样写。"接着他足足给我讲了一堂课。让我感受到了经验的重要性。他有经验，所以说起来不带空话虚词，而是明确精炼的一整套办法。讲得井井有条，概念明确。

我后来才知道，他给我讲的就是后来称为“目标管理”的一套办法，这对我国20世纪50年代初的传统管理来说，还是很先进的办法。他讲得思路很清晰、办法很具体、可操作性很强，我听了有很大的收获。

我从专家办公室出来，向处长陈大鸿讲了我的收获。陈大鸿很敏锐地感到这在大型综合性的工程管理上是一个相当重要的概念。

“写下来！把这种计划的编制办法写下来，作为对工厂的批复发下去，叫他们按这样的要求重新编写计划！”他眼睛里闪着光对我说，他的激动溢于言表。

我按处长的交代办理了给工厂的复文，要求他们按批复的思路重新起草一个计划。后来他们报上来了符合要求的新计划。

这时，航空局机关刚出版了一份航空管理性的刊物，取名《通报》。陈大鸿要求我写一份稿件，对这类计划的编写要点作一论述，投给刊物。投稿后，刊物立即采用发表了，成为生产技术处的第一篇稿件。

最后，这座工厂在预订的期限内扩大了修理范围。而我拟定的一份机关内部协同工作的计划，事先调查较周密，所以在生产会议上顺利通过并得到了执行，对工厂做出了有力的支援。我为此出席了机关先进工作者会议。

技术与艺术的对位

我在生产管理岗位上担任飞机工厂的“主管工程师”为期大约两年。这两年的经历对我的工作能力和思维方式都有锻炼和提高。

我日后更加理解了工程综合思维的重要性，飞机的总体设计并不是单纯在技术上解方程式。工程综合思维某些时候的重要性甚至超过了具体从“单纯技术观点”所能见到的因素。

我从初入纷乱世事时的无所适从，转变到可以驾驭复杂事物的初步自信。任何看似毫无现成规律可循的状态，只要认真按科学的方法加以分析，总可以逐渐摸索出一定的道理，做出某些成绩来。在投入飞机设计事业以后，我多次面临“第一次”的工作任务，没有人清楚究竟应该如何做。我居然没有怯场，好歹摸出来一条出路。

这种从不自信到自信的心理状态改变的过程，颇像我在音乐方面的经历。大学低年级时，一次合唱团竞选指挥。我怯生生地站在合唱队前毫无自信，无所适从，只是被动地跟随着大家的歌声挥动手臂，结果

在北京后海边上奏琴

惨遭失败。而到大学毕业时我已经成为清华管弦乐队的指挥，指挥演出过莫扎特的交响曲、西方序曲以及一些中国的管弦乐作品，从中懂得了作为一个指挥的职责是引导整个音乐的进行。通过在航空局管理机关几年的摸爬滚打，我在处理复杂事物中，多少找到了一些“感觉”，类似驾驭乐队各声部一般。

我的生活基本上都有科学技术和文学艺术两条线平行发展，科学技术是我的正业，而文学艺术是我的业余爱好。好似复调音乐的两个各具性格的旋律的对位，两条独立的旋律相互烘托。

我业余时间练习作画的事被办公室的同事知道了。当时航空工业局要办一个成果展览会。处长陈大鸿布置生产处的展示图板由我负责统一设计。这是我首次承办技术性展览，开始接触到科学技术性的主题如何用图形来表达的问题。

在生产管理处作为“主管工程师”工作两年之后，我被调到了“飞机技术科”。

面对技术科全体的面试

我被调到航空局的飞机技术科，工作对象从围绕飞机的领域（飞机工厂的建厂设计、飞机工厂的生产管理），进入到了航空技术的核心，即飞机本身。

这是我人生发展的重要转折。实际上，当时中国的飞机设计也进入了预备期。

一天，办公室下午进行卫生大扫除。20世纪50年代常常一声令下机关便停止办公，全体人员拿起扫帚抹布搞卫生。但是我被告知放下扫帚，因为当时我国空军打下了入侵我国领空进行侦察的气球，正在劳动人民文化宫举行展览。技术科收到两张参观券，指定一位老工程师和我两人前去参观。

到了文化宫，展览室门外建起一座比周围建筑都高的木架，上面挂着半透明的气球塑料布，尺寸很大。但展览室并不大，陈列着一些实物和照片。我看过便算了，没有想到周五下午“业务学习”的内容就是报告这次参观的收获。全科人员集中一起，技术科科长徐舜寿也搬一把椅子坐在人群中。

徐舜寿比我大13岁，当时不到40，是早期清华大学航空系的毕业生。他曾经在空军中担任航空技术的教员，以后到美国留学，回国后参加了一种木质的运输机“中运3号”的设计，是一个有着相当广阔的见识和技术造诣的技术型人员。

他富有才华，英文极好，后来又自学了俄文。他曾组织一批老航空技术人员，以他为首翻译了两部苏联航空专著《飞机构造学》和《飞机强度计算》，都成为新中国成立后我国航空技术的经典文献。离京出差时，他坐在火车里在膝上放一个硬壳手提箱垫着，继续他的翻译，一会儿就写完一页，旁边看着的人对他的翻译速度感到吃惊。

他的哥哥是著名进步作家徐迟，他的姐夫则是新中国的一位著名外交家。受家庭成员的影响，他在解放战争期间带着夫人和刚出生的女儿越过封锁线到达解决区，在新中国航空建设初期就工作在技术岗位上，成为新中国飞机设计事业的主要创始人。

这次参观高空侦察气球展览，以与我同去的那位老工程师为主，便由他来报告情况。他主要讲了一下事件：侦察气球是针对中国大陆的，被打下来了，实物摆在那里。他说的大家都知道，场面很冷淡。徐舜寿仿佛无意般转头对我说：“有什么补充？”

我完全没有想到还会有我的事，毫无心理准备，见点到我，只好站起来。

我主要讲技术方面的所见：先从地球上空平流层的大气环流开始，侦察气球就是利用这种大气现象，从中东地区放飞升空，被这股强劲的气流吹过我国整个领空。它必须解决高空摄影的底片微粒的细度问题，经过多次放大仍然可以显示地面目标的特征。

我们打下美军的侦察气球之后，也缴获了气球携带的照相机，取出了完整的照片底片。为了搞清楚它拍的内容，便冲印了一些照片。这次展览会上展出了有代表性的一些照片，比如有一张照片是在山区拍摄的。我方分析人员将这张照片放大到整面墙壁那么大。一眼望去，墙面上看不到边的都是丛山叠嶂，说明拍照时气球的飞行高度很高，照片的覆盖面积很大，就像一张巨大的地形图一样，看不出什么特点。但是分析人员仔细检查了每一个细节之后，发现有一处需要进一步观察，便画了一个碗口大小的红圈标出这个地区，然后再将红圈内的部分放大到整面墙壁那么大。这样一来，可以看到在这个区域内有一小处存在两条短短的交叉白线，看起来像是山区内有一处机场的跑道和滑行道，于是再用碗口大的红圈标出这可疑部分，再次放大到整面墙壁大小。这样经过三次放大，终于显示出这是一座机场的俯视照片，可以看到跑道边停放着白色小箭头形状的飞机机群。

有意思的是，当美军在西亚地区放飞这只气球的时候，气球刚脱手升空，照相设备不知出了什么故障走火，提前"咔嚓"一声便拍下来第一张照片。这张照片也被冲洗放大贴在墙上展览，是放飞气球的美军的一张近距离顶视照片。

气球是无人的，因此必须在夜间停止拍照以节约胶片。要计算好气球的漏气量，使它越过我国版图后下降在东海海面，并且在着水后要能发出无线信号引导舰船来打捞。我讲完它用不同技术的集成，再讲到各部分达到的水平，引起我注意的细节，比如胶片经得起那样大倍数的放大，三次放大后仍能辨别地面跑道上的飞机。

我讲时全场高度专注，我特别注意到徐舜寿闪烁着兴味浓厚的目光。

这次即兴的技术讲解，也许在某种程度上成为全科对我的技术观察力的一次面试，让大家对我这位新来者的技术素质有了一定了解。

科技写作与航空模型

航空局出版了一本报道国际航空最新进展的杂志《国际航空》，这是国内首次出现这类刊物，引起普遍的关注。

当时人类的第一架飞机顺利升空还只过去50年左右。徐舜寿曾对我笑谈："嫦娥奔月的神话、苏东坡的'我欲乘风归去'的诗句……"他说的是人类对飞行的向往，自古就有浪漫的畅想，也有出自现实生活中想要"关山度若飞"的需要。确实，航空的历史，本身是一个充满激情和智慧的过程。不要说从19世纪后期以来世界各地的航空先行者身冒风险对飞行的不断挑战，就是在第一架飞机诞生之后的半个世纪中，飞机性能的不断提高，飞行领域不断扩大，跨海洋、越极地、环飞世界等一系列的壮举，无不表现出一种高昂的开拓精神。

当我来到飞机技术岗位上时，飞机刚跃上了结构的全金属化、动力装置的喷气化和性能的高速化等历史性发展台阶，在世界面前展现了一个无比宽阔的发展远景。我的内心充满了新鲜的感受，兴奋不已。

在20世纪50年代初期，世界航空技术正进入后来被称为的“喷气时代”，军用飞机向超音速迈进。而在民用飞机方面，苏联抢在美国之前推出了喷气式旅客机“图104”。当“图104”第一次飞抵北京时，北京有关部门的人员到机场去观看，航空工业局也分配了名额，给了我一张参观券。

初见“图104”由远方飞来，以中低空飞临跑道上空，在我们头顶作了一个大坡度的转弯，转向着陆航线。这样大一架飞机在空中灵活地转动，真让人赞叹。飞机着陆后，地面的参观人群围一个大圈远远看着，场面有些尴尬。后来不知谁带头，径直向飞机下方走去，于是希望看详情的人全都走到机翼下。

这架庞大的飞机，在空中看来很像一架小型喷气式飞机的几何放大版，动作很灵活。但到了地面，走近处去看这架飞机，我感觉简直有点像走近一头恐龙似的。我当时哪里能想到，以后我会参加我国自己的大型喷气式飞机的设计，个头比它还要大许多。

航空技术处在迅速变革的激变期，就像达到了沸点的水一样，各处都在翻滚冒泡。北京航空学院的一次科学报告会上，一位刚从国外回来的专家讲述航空技术的最新进展。他谈到飞机几乎各个方面都在涌现新事物。比如高速飞机用人力操纵已经扳不动舵面，就需要用高压油系统来驱动作动筒。但是驾驶员仅仅移动控制阀门无法获得操纵飞机所必需的“感觉”，于是还要设计一个弹簧系统来模拟舵面上的力，使驾驶员感觉还像在直接操纵舵面一样。这位专家风趣地说：“弹簧系统的功用是骗骗驾驶员……”

航空上涌现的新问题，我们在学校上课时都还没有出现。我很庆幸学校生活没有把我培养成一个满足于被动地接受灌输知识的学生。我有很强的自学热情和能力，我也很习惯于通过实践来掌握技能，增长自己的才干。

我所在的技术岗位需要保持旺盛的精力关注事物的发展，因此经常阅读各种技术资料是我的正业。我常读的技术文献中有一本是英国《皇家航空学会会志》，这是一本学术性很强的著名刊物。一天我从最新一期上看到一篇关于正在研究的“喷气襟翼”的论文，内容相当详尽。

25岁的我正处在好管闲事的年龄。新创刊的刊物《国际航空》编辑部就在“大观园”内的亭台楼阁之中，我便拿起电话打过去，对他们说，我是技术科的某某某。我发现了一篇相当不错的技术论文，值得注意。但是这篇论文讲得过于详细，我建议你们根据论文材料重新编写一下，取其精华，我想这个题材会引起读者兴趣的。

接电话的一位编辑回答我说：“你来写吧。”

我说：“我不是那个意思。我是向你们提供资料线索。原文篇幅太长，我觉得不适于全文译载，建议你们改写一下。”

电话中回答说：“我听懂了，你来写吧。”

我放下电话后愣了好半天。

我并不怕动笔。我给他们提供一个题材，完全是出于好意，结果却弹回到我自己这里来，真是没事找事。

接电话的编辑叫刘永培，当时也是20多岁，我并不认识他，他却一句话把我列入了他“永远培养”的作者之一。刘永培以后在《国际航空》刊物一直工作到退休，经他的手发表了我写的一系列介绍航空新技术的文章。

说起来我一直热衷的是文学创作。离开大学参加工作以后，我自不量力地在写一部关于青年学生参加祖国建设的“小说”，心中设想的是一个“长篇”。当时我不论是思想上的领悟、情感上的感受和文字的驾驭能力，离完成这样的写作目标都差十万八千里，所以一直停留在没有尽头的奋斗之中。

而那位编辑的一句“你来写吧”之约，使我的笔锋转向了科技方面。这篇文章在刊物第三期上刊出了，我成为该刊的早期作者之一。该文引起相当大的反响。北京航空学院一位教授向我打探这种技术的进一步内容。此事一开便不可收拾，我陆续为《国际航空》撰写了一系列航空科技文章。有些新技术还从来没有在国内提到过，我再次需要为新事物命名。比如“喷气襟翼”“三角机翼”“超音速面积律”“变后掠机翼”等名词，都是我首次介绍时这样叫，以后便在航空界叫开了。

自此以后，科技写作竟成为我一生中重要的活动。我很少进行单纯的翻译，通常是消化许多资料后，根据我的理解重新组织内容，用自己的语言进行评述，因此被人称为“航空界的专栏作家”。

我主要介绍的是发展中的新事物，要想写，便必须读。科技写作过程，也是我跟踪世界科技发展的过程。我阅读英文越来越顺畅，在技术上的鉴别力也在迅速提高。

我写的有些文章被大学指定为学生“必读”，有的多年作为研究生的教本。20世纪80年代北京一个阅读量最大的航空刊物《航空知识》召开座谈会，要求各界人士对该刊发表过的文章提出反馈意见。会上来自不同方面的三个代表列举他们认为最有价值的文章。很凑巧，他们举出的三篇都是我写的。在大学时给我上过课的老师沈元教授，当时以航空学会理事长的身份参加了会议，在会上听到这样的巧合不禁惊奇“嗬——”地笑出声来。

以后我进行了50多年科技写作，在许多不同刊物发表了百余篇科技类文章，出版了十本书籍，成为上海科普作家协会的副理事长。我对航空技术新进展的认识，也随着我发表的文章而同步增长，直接对我从事新飞机的设计产生了有益的影响。

在航空局技术科时期，大约在1954年，我开始了一种被我戏称为“微型”飞机设计的活动，就是飞机模型的设计、制作和放飞。我认为这种活动对飞机设计有很大的帮助，因此连续干了16年，成为我重要的一项业余活动。

当时制作的无尾三角翼飞行模型

到了飞机技术部门后，一同工作的顾诵芬和我同年，当时都是23岁。他宿舍的房间就在我对面。数十年后他成为我国航空界的两院院士。

顾诵芬与我同一年从大学毕业，但他是从上海交通大学毕业的。这所大学有课余航空模型活动，而他曾是积极参与者。他有一台小型压燃式航空模型发动机，他经常隔一段时间就在宿舍的台面上将发动机“开车”，他说是一种定期油封保养的需要。

模型发动机开起车来轰轰作响，马力强劲，很是威风。我以前没有见到过用模型发动机推进的模型飞机，便鼓动他说：“何不做一架飞机模型装上这台发动机飞起来？”他说：“你要是愿意一起来做，我们就干。”我心悦诚服地甘当助手。于是，我们到航模商店去买了一些材料和发动机燃料。他有一种线操纵模型的图纸，我们便用了大约两个星期业余时间造起模型飞机来。

我们制成的这架模型飞得很好。通过做这架飞机我掌握了制造模型飞机的要点，并且学会了用拉线来操纵飞机的飞行。我被勾起了兴趣，便又去购买了更多的材料和燃料，独自造起各式模型来，借用顾诵芬的发动机装在我的模型飞机上，进行了大量的试飞。

我制作模型的效率很高，每周我都拿出一架新模型来。我的模型全是自己设计的，这是对飞机设计的一种小规模的实践。

我的模型总是以“心巧”博得人们的赞许，人们注意到了它们的“设计构思”。我尝试过各种机体结构型式（比如构架式、硬壳式、双尾撑式）及多种机翼与尾翼的配置（比如上单翼、中单翼和低单翼），

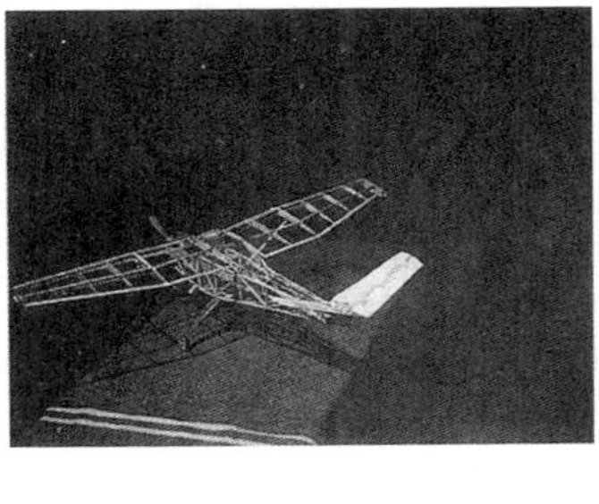

当时制作的线操纵飞机模型骨架（V形尾翼和模型）

制出模型从试飞中体验其对飞行的影响，我试验证实了后掠机翼的焦点会向后移的特性；还有像正常尾翼、V形尾翼、前翼式和无尾等，过去只在教科书上读到的不同的布局和构造，我都用模型飞机来体会其特点和性能；我还用同一机翼面积制成大展弦比及小展弦比机翼，对比它们的不同阻力。由模型能够直觉感到看不见的气流和应力流，有如中医可以从看不见的经络知道各穴位对于人体脏器的内在联系。

设计和制作模型通常是少年儿童的活动，而我则是成为航空工程师后才热衷起来的，因为到这个时候我才有条件接触这个领域，可称为“迟开的玫瑰”。我很喜欢设计飞机，哪怕用模型飞机来实现小的设计实践我也不愿意放弃。我也确实从中得到很多航空知识的感性体会，使我在飞机设计中处理问题的时候，不是做概念游戏而是可以预料到实际会发生的后果。

魂牵梦萦第一架飞机

1956年六七月份，全国掀起了“向科学进军”的热潮。在全国科学规划会议之后，我国航空工业决定走出按照苏联图纸单纯仿制的局面，要建立我国自己的飞机设计力量。我国与苏联签订的《航空工业合作协定》中没有苏联支援我国飞机设计的协定，而当时我国按苏联图纸仿制的第一种喷气式战斗机即将飞上天空。下面的路，要靠中国人自己来走了。

航空工业局决定成立“第一飞机设计室”，初期建在沈阳，依托当时最大的一座飞机工厂——沈阳飞机工厂代管，但作为航空局直属的一个单位，计划以后再迁回北京。决定首批从航空局调4个人过去，我是其中之一，担任总体设计组长。

对于这次工作调动，我们谁也没有提出困难。那时人们普遍都有一种“好男儿志在四方”的气概，面对兴旺发达的事业，充满着创业的雄心，对自己有机会接受这个令人羡慕的任务，内心充满喜悦呢！其实个人生活上的困难是有的。比如当时与我同期调任飞机设计室主任的徐舜寿，他的夫人当时在北京的对外

告别北京去沈阳之际

文化部门工作，是一个有着很强事业心的女性。她当时就说："我不愿意陪你去当设计师夫人，我有我独立的事业，我的事业在北京。"后来徐舜寿和他的夫人很长时间两地分居。

决定虽然早已做出，但直到秋天才正式在沈阳成立机构。在约莫两三个月的间隙时间里，我们在北京进行了技术准备。

徐舜寿新中国成立前曾在航空研究院工作过。他思维清晰，作风细致，受过严格的专业训练，是十足的"科班出身"。我们在北京讨论首先设计一架什么飞机。徐舜寿当时的主导思想是：要把需要和可能结合起来。因此他提出，设计室成立后设计的第一种机型，应是一种喷气式歼击教练机。这不仅是因为培养新飞行员的需要，而且新中国的设计队伍本身也需要一个“教练”过程，应当通过这架教练机的设计使我们自己的设计队伍成长起来。因此，这里“教练”是双重含义的。另一方面，我们已经具有制造喷气式歼击机的工业基础，设计一架亚音速的喷气式教练机是完全可能的。这个意见，经过几次讨论，得到航空工业局领导的同意。

徐舜寿带领我和顾诵芬，到北京航空学院去请教张桂联教授。张教授是飞行力学权威，新中国成立前曾在英国从事过设计飞机的气动布局工作。他给我和顾诵芬开了一个“小灶”，坐在桌边给我们讲了一堂飞机气动布局的基础课，介绍了不少参考资料。我们在大学时都学过一门一门的专业课程，但如何把相应的知识汇在一起进行飞机设计的布局，这次讲课却是一次很有帮助的串联和总结，我们得到很大的收益。

这样，在北京期间，我们就对“喷气式教练机”的设计目标进行了准备，我分析了世界和我国一些驾驶员训练体制，收集了世界同类型飞机的资料和图片，分析其数据及设计特点，并开始酝酿方案，我们一起讨论了设计要点。

比如说，这架飞机由于教练任务的特点，不需要飞到出现空气压缩性效应的速度。因此应该采用平直机翼，这样可以省去后掠机翼所要求的整体锻造的钢梁，减轻重量。但是这样一来，机翼根部承力的大梁通过机身的位置上恰是发动机，机翼就不能像国内当时可以看到的高速喷气式歼击机一样用中翼型式通过机身，而应该采用下翼布局。相应地，水平尾翼也就不必采用“高平尾”布局，可以采用构造上更简便、承力上更合理的“低平尾”。

新中国第一次设计飞机，就是一架喷气式飞机，这个起点不低，赶上了世界航空技术发展的脚步。另一方面，新设计的飞机并不是对国外某种现成飞机“照葫芦画瓢”的模仿，也不是做一些“小修小改”，而是根据飞行的任务需要，从世界航空技术总库中挑选合适的手段，进行新的“工程综合”来形成自己的设计。这是新中国从设计第一架飞机开始就建立起来了的设计路线，也是世界航空发展所遵循的主要设计路线。不是用一支现成的曲调来填词，而是要唱出一首新的歌。

在20世纪中叶，飞机可能是人类创造的最复杂而紧凑的机器。飞机由机身、机翼、尾翼等构件组成不平常的外形，同时内部安装着动力系统、操纵系统、仪表系统、燃油系统、导航系统等。而这一切又包容在飞机有限的外形、重量和能源总额之内，相互紧密地联系在一起。航空母舰虽然也很复杂，但分布在很大的空间和重量范围内，似乎不构成什么限制。

近20世纪末期的时候，我国终于承认了航空是一门高技术。一方面因为航空所包容的多项技术中，有许多本身就是高技术，如材料、能源动力、信息系统等；另一方面，将这些各门各类的技术综合在一架飞机规模之内的总体设计，本身也是一项工程综合的高技术。

我全身心地投入飞机总体设计的任务，不断调整比较各种方案，在北京时我就已经绘出了一些草图，简直达到魂牵梦萦的程度。

仅仅3年之前，我的人生道路面临的悬念，是能否有机会从事飞机设计。现在我面前的新悬念是：我们能设计出飞机来吗？我会称职地完成任务吗？这对新中国也是第一次。甚至航空工业机关内一些熟人，也会悄悄地在我耳边问道：“你们设计飞机，飞得起来吗？”但我却并没有感到任何怯阵，反而信心百倍。

三

雏鹰展翅

“推油门，上！”

1956年10月10日，黄志千、顾诵芬和我三人从北京到达沈阳。这是一个下着小雨的清晨，工厂派了一辆卡车来接我们。我们坐在卡车堆放的行李顶上，淋着小雨，心情却是十分舒畅而兴奋。我自幼便随家庭南北奔波，自到北方读大学以来更是远离了南方故土，所以从北京到沈阳工作地域和环境的改变，对我不会有什么情绪影响。

沈阳飞机工厂是20世纪50年代我国最大的飞机工厂，在沈阳北郊，不远处就是“九一八”事变中打响第一枪的北大营。工厂位于清兵入关以前的金朝的一座皇陵“北陵”的后面，与皇家陵墓之间是一大片茂密而古老的松树林，几百年树龄的松树郁郁葱葱。工厂的干部和工人是从全国精选来的。

“第一飞机设计室”成立时，距离我国仿制生产的苏联喷气式飞机“歼5”成功试飞才3个月。从历史上看，我国航空工业建立自己的飞机设计队伍的决定是非常高瞻远瞩而又及时的。

飞机设计开始时一个重要步骤，就是征求使用者对新机设计的意见。徐舜寿主任和黄志千副主任带着我一共三人到另一城市的一所训练飞行员的航空学校去调查研究。

那年冬天东北大雪，我们到达航校时，正值飞行员们在院内打扫积雪。身穿深色皮衣的飞行员们抬着盛雪的箩筐，把雪倒在高地上，一面劳动一面笑闹。有一个在前面抬的上坡时踉跄了一下，后面那个高声叫道：“推油门，上！”

我听到他们用飞行术语来作为劳动号子，感到十分新鲜有趣，心想：我们国家的飞机设计事业，也要“推油门，上！”了！

在座谈中，徐舜寿介绍了我们的设计意图。飞行员们知道中国要开始自己设计飞机，非常兴奋，特别是首先就是为航校设计喷气式教练机，更感亲切。他们提出了很多宝贵的意见和想法。我们也向他们请教设计中遇到的问题，反复讨论。

我们的飞机设计一开始便与使用部门进行了良好沟通。我们将从航校得到的意见带回设计室，在后来的设计中努力去满足他们的要求。这与一般学校里所设想的飞机设计就是关起门来画图纸是大不相同，这是一种“从实践中来”“从实践出发”的设计路线。徐舜寿在开始工作之初便为我们建立了这样优良的传统。

熟读唐诗三百首

徐舜寿当年39岁，正是风华正茂，主持整个行政和技术领导工作。

他是与詹天佑、茅以升这些工程界先行者一脉相承的中国爱国学人。他们到国外去学得先进技术，目的非常明确，便是用来振兴自己的民族。他们在建设自己国家的事业中竭尽所能，万死不辞。而不是看到外国先进，就跟在外国人后面拾一点牙慧、扮一番风流的那种人。

他在工作上，从不搞繁文缛节，倡导一种讲求实效的科学作风。例如，他提出设计者对自己的设计必须做出论证，不能画出来是什么便是什么。各个局部在总体上必须是合理的，不允许各行其是。对大部件的设计总图，他要求采用集体审查的办法，设计者张贴图纸，讲解他的设计依据、思路、问题、意图、数据等，并进行答辩。答辩如获得通过，所有参加者当场签字；答辩通不过，修改后再重来。

这是一种很好的发扬技术民主的方法，也是对设计人员很好的锻炼和考核。这样，通过这架飞机的设计，使整个设计队伍的能力都得到了提高。

他从各航空学院聘请了几位著名教授，作为设计室的顾问工程师，如北航的张桂联、军工的马明德、南航的陈基建、西北工业大学的黄玉珊等。顾问们来沈阳时，他总要和他们商讨问题，并邀请他们向全体设计人员作学术报告，用这样的办法来保持设计队伍的知识常青。

对设计室中的年轻同志，徐舜寿只要发现他是称职的并确有才能，就放手让他工作，加重他的担子。正如俗语说的："愚蠢人总看别人不如自己，只有聪明人才能认识别人的才华。"他迥异于一些沾沾自喜、故步自封的庸人。这说明他对知识和才能的尊重，对真正有价值的东西具有很高的鉴赏力。

我们设计的第一架飞机，取名为"歼教1"，即"歼击教练机1型"。由于我们在北京时已经对设计方案做过一些研究，因此回到沈阳后我很快便绘出了总体设计图，飞机即刻进入了实际设计程序。

这时工厂刚刚仿制成功苏联设计的"米格17"喷气式歼击机，所以工厂来的设计人员对"米格17"飞机非常熟悉。但是，我们不准备让中国自行设计的飞机成为"米格17"的仿制品。因此我当时多方收集其他飞机的资料，分析各种不同设计措施的优劣。可以说，我们在开创中国自行设计飞机的时代，就有意识地摒弃了苏联在教学中制定的"原准设计法"，而采用了由中国设计人员独立进行"工程综合"的设计路线。

徐舜寿为此特地提出："要熟读唐诗三百首"。指要熟悉许多不同的飞机，从中取舍新设计的工程措施，而不要唯"米格论"。也就是说设计人员要熟知负责的部件的各种可能的方案，在设计中绝对不能抱住米格不放，绝对不应设计出一种米格机的变体来。

例如，我们决定为"歼教1"选用美英式的两侧进气方式，而不沿袭苏联传统的机头进气布置。因为从长远来看，机头部分是适宜于安装雷达天线的最好部位，而雷达对于现代作战飞机是至关紧要的。尽管教练机不必装复杂的雷达，但是掌握这种两侧进气的设计技术对于发展高性能的军用机很有用处。

后来这种两侧进气的方式的确被用到我国后继的“强5”飞机以及一系列新的战斗机上。可见，当时做出这种决定是需要在技术上具有远见卓识的。事实上，后来苏联自己设计的飞机（如“米格25”等）也改用了两侧进气的方式。

与飞机设计平行进行的，是在沈阳发动机设计室为“歼教1”配套的涡轮喷气式发动机的设计和研制。发动机设计室最早由张世英和虞光裕同志领导，后由吴大观领导。至于这台发动机技术方面的问题，虞光裕负责得多一些，曾多次来到我们的飞机设计室进行技术协调。

工程集成的沸腾工地

当时设计队伍的成员虽然学过航空专业，但毕竟在中国设计飞机还是第一次，谁也不知道具体应该如何进行。

我在完成总体设计之后，每天在各设计组之间穿梭，协调解决冒出来的各种问题。当时有个别人看不顺眼。他们认为飞机设计只要铺开摊子，各部分都有人把守，各司其职便可以设计出来。他们认为如同一般常规任务一样，设计不过是由各个局部凑成的。他们中有的人过了几十年也没有掌握设计的规律，就在于他们不理解设计是一种“由总到细”的过程，而不是“由细到总”的堆砌。

自从我的工作转到设计飞机的岗位，我就养成了一种“癖好”，就是听课和讲课。还是在到沈阳之前，我就常到北京航空学院去听课，听讲座。航空技术发展太快了。从我离开学校课堂后，地平线上又出现了无数新的事物，有整门的新学科，也有老学科的新进展。我除了靠阅读国外的科技刊物来追踪最近的发展之外，也非常乐于从听课中获得滋润思维的养料。到了沈阳之后，我又常常听来访的各大学的老师们以及航空工厂的专家们的讲课及讲座。

我听的课中有一些是全新的概念、新开辟的领域，如自动控制理论、电子计算机的软件工程，是在我的大学时代尚未形成的学科。也有一些工业味道更浓厚的技术内容，如金属疲劳特性的控制、各种新工艺方面的演进以及国家颁发的“公差与技术测量”的新标准，等等。我很欣赏那种高屋建瓴、条理分明的陈述，有如在人的思维中打开一扇窗似地豁然开朗，给人以在窒息时接通了新鲜空气似的愉快，而不大喜欢纯粹照方抓药的“开中药铺”式的浅显罗列。我觉得这种爱听课的“癖好”对于我从事的航空设计事业来讲是很适宜的，因为航空是一门发展如此迅速的领域嘛！我在航空领域不断充实的知识，提高了我对事物的判断和创新能力，从来没有使我在书架丛中迷失方向，没有成为一个被书架压榨的奴隶。

我以后遇见过一些同在这个领域工作的人，他们与我的癖好有所不同，自以为自己那点很有限的知识再也不需要补充，已经足够用一辈子了。但是，不论他们的自我感觉是多么好，其眼界的狭隘与思维的偏颇，很难使人建立起对他们处理技术事务的信任。

“歼教1”的设计工作全面展开以后，从各个方面涌现出需要不断协调的技术问题，大量的信息流汇集到总设计组，要求逐个讨论并进行决断。我每天与各个不同专业的人员讨论各种问题，往往刚和一些人谈完襟翼的气动力效率，又和另一些人谈结构应力的传递，然后谈电路的传送和液压的介质与压力。不同的人性格不同，口音各异，遣词造句的习惯也不一样，但是抛开这些，大家共同关心的是所讨论的问题本身，寻求着技术上最好的解决方案。这种讨论是一种高强度的智力冲撞和脑力锻炼，我的大脑皮层处于高度兴奋状态，感觉很愉快。

主要设计人员在1958年自行设计的第一架喷气式飞机“歼教1”前留影。左起：陆孝彭、叶正大、徐舜寿、王汇青、程不时、顾诵芬、汪子兴

我准备了一个大本子，每天记下需要处理的事项，每处理完一条就用红铅笔划掉。以后我反过来查阅时，发现每天处理的问题平均达到10条。几十年后我与一位美国设计师交谈，他告诉我，在型号研制期间，他每天要开9个会，每个会半个小时，解决一个问题。这样看来，中外在飞机设计中涌现出需要及时协调解决的问题密度大体相同。另一方面，在“歼教1”的整个设计过程中这样大量而集中地处理各种技术问题，对我设计飞机的能力是极好的磨炼和考验。

在绘制“歼教1”设计图纸的同时，进行了大量的技术计算和试验，包括在我国刚开始装备的电子计算机上的计算，以及在风洞中进行的空气动力试验，都证明了设计的正确性。国外对工程设计流传一种说法：“被设计的系统，在主要方面往往具备设计它的系统的特点。”

“歼教1”推出总装厂房

我们当时拥有一个团结的、紧凑的、协调的工作集体，因此我们设计“歼教1”这个系统的过程中，没有遇到过重大的技术困难，工作进行得颇为顺利。

美国在设计他们的第一架喷气式飞机F-80的时候，飞机刚在地面试车阶段，突然“砰”的一声，进气道被吸瘪了。飞机总设计师正站在一旁，差一点被吸到进气道里去。F-80在试飞中共摔过7架飞机，摔死了他们最好的试飞员。而我们的“歼教1”同样采用的是两侧进气方式，不但地面试车没有发生过吸瘪进气道的问题，在后来试飞中也没有出现过致命的事故。

我们有些担心工厂承担这架飞机的试制会存在概念上的障碍。工厂可能会像生产仿制机种一样简单按图生产“歼教1”，对试制自行机种的特点认识不足。这样必然会单纯抓住主产品而忽视试验件的制造，并在试制过程中拒绝任何设计修改。而这两者对于保证设计质量是至关重要的。

我经常代表设计室向工厂各级技术人员介绍“歼教1”的设计特点，徐舜寿要求我在讲解时对这些特点反复加以强调，指出试制是整个研制过程的一部分，是人的认识与实践反复互相作用的阶段。

由我负责指导木工车间制造“歼教1”的全尺寸木质样机。木工车间以前的专长是制造翻砂用的木模，制造这样大尺寸的木质“模型”还是第一次，在全国也是第一次。木工车间指定从上海支援东北建设的一位八级木工陈炳生接受任务，他当时也只有30多岁，他的组内有两个木工也是从上海来的，一个七级，一个六级，都很年轻。他们一方面技术基础很好，另一方面肯学习。所以这样一项“史无前例”的木工活，他们用了一百天胜利完成了，质量优异。1957年8月5日这一天，距离我们到达沈阳不到10个月，让我们长期来冥思苦想、夜不能寐的“歼教1”的样机就威武地站起来了，似乎每一根线条都非常可爱。你看它，不是

“歼教1”飞行前检查

对世界上任何一架飞机的“东施效颦”，而是中国人自己的创造，这一点弥足珍贵。

我们请来工厂的试飞员，并远道请来航校飞行教员。他们也是第一次看到用木头制成的、像真飞机一样的全尺寸样机，无不以一种特殊的心情，兴致勃勃地坐进座舱，观察如实排列的仪表，摆弄像真的一样的驾驶杆。我叫大家推开机库大门，飞行员们坐在座舱内就可以看到外面的机场和遥远的地平线。不论设计师还是座舱里的飞行员们，这时的心情都“跃跃欲飞”了。我们详细记录下他们提出的意见，据此改进设计。

经过技术审查、批准等手续，“歼教1”的图纸下达车间，试制工作正式开始。由于这架飞机在我国航空史上的特殊地位，航空工业局的王西萍局长从北京来到沈阳，在工厂进行了试制动员。工厂出现了热火朝天的局面，车间日夜赶制，设计人员到试制现场与工艺人员、生产工人一同工作，成为以后新机试制中“跟产”活动的开端。这是一个产品“硬件”与设计信息“软件”相互搓揉捏合的过程。我在夜晚走进灯光下沸腾的现场，从辛勤劳动着的人群中感到那股严肃认真的劲头和热情的涌动。

这真是为这架新生的飞机集体“添砖加瓦”的大型创作工程！我忽然心中涌出一个念头，觉得这一霎间我的所见一定会铭刻进我的脑海，会在很多年后都记忆深刻。果然，以后我虽然经历了不少辉煌的场面，度过了许多关键的时刻，但是我国第一架自己设计制造的喷气式飞机“歼教1”紧张的夜班工作场景，在明亮的灯光下是那样的热气腾腾，而我作为劳动洪流中的一分子也融入其中，这场面果真明晰地留存在我的记忆里了，使我每一次回想起来都恍如昨日。

这时徐舜寿收到一封电报，他的大儿子在北京诞生。他把电报往口袋里一塞，照常带领设计人员投入试制现场。

试飞员

常规的驾驶员，是在飞机正常飞行范围内驾驶飞机。飞机的安全范围是以前的飞行员们建立起来的，明明白白地写在《飞行手册》里。而一架新飞机的试飞，可以说就是通过飞行去找到安全的边界，所以试飞比一般的飞行有更多的风险。一架新设计的飞机，它在空中的表现究竟将会像一只猫一样温顺，还是像一头野马一样暴烈，会像一头大象似地笨重，还是像一只羚羊似地灵巧，要在实际的试飞中才能最终显现。

试飞员必须具有丰富的航空知识和高超的驾驶技术，因此备受崇敬。我见过苏联著名试飞员阿诺兴，他是二战前后在苏联妇孺皆知的大英雄。我见到他时，他在军衔上已经是苏联的将军。当人们把我作为中国的青年飞机设计师向他介绍时，他身体一挺，将皮靴后跟一碰，然后伸出手来握住我的手，一幅典型的军人气概。我惊奇地发现他竟然一只眼睛是假眼，原来在以前的试飞事故中曾受伤致盲。但他只用一只好眼仍然试飞新飞机。

航空先进的国家甚至建有“试飞员学校”，培养具有特殊飞行能力的试飞员，他们应比常规驾驶员有更深厚的理论基础以及更特殊的经验积累。当我国刚设计出“歼教1”的时候，中国还没有这样的学校，新机试飞只能从经验较为丰富、飞行技术较为突出的常规歼击机驾驶员中挑选。

担任“歼教1”第一次试飞的是青年空军军官于振武，他的飞行技术高超，当时是空军的打靶英雄。

他来到工厂之后，我首先陪同他参观各车间。他向我提出：“能不能看看打铆钉？”原来飞机上有成千上万颗铆钉，他长期在飞行部队却没有接触过航空工业，对铆钉是如何打上去的感到神秘。我领他来到铆接车间，这里铆接的声音如同机关枪一样连成一片。他很感兴趣地看了外形像手枪一样的“铆枪”，在工作台上试着用废铝片打了几颗钉，很是满意。

试飞员于振武即将登上“歼教1”进行首飞

我当时心里想，确实，我们航空工业战线上的人手中握的也是枪。这是建设的枪，是创造的武器。我们每个人，第一架飞机的试飞员也好，设计者也好，工人也好，都是使祖国展翅腾飞的事业中的一颗铆钉。航空铆钉不同于普通铆钉的地方，就在于每颗铆钉都要称职可靠地担负起自己应尽的责任，决不允许轻易在负荷下退缩，卸下担子把载荷加给别人。

我向他介绍了飞机的总体设计，接着设计室的各专业组向他详细讲解了设计中考虑到的各种问题，介绍持续了好几天。他对风洞试验的许多曲线感到特别吃惊。也许他和一些不太了解设计工作的人一样，原来误以为飞机设计主要是零件、组件、部件等“硬件”的绘图和制造吧。面对我们向他提供的一大堆空气动力学计算和试验的曲线，他说没有想到对这架飞机做过这样详细的技术准备，比他原来料想的要深奥得多。

“歼教1”的结构试验机在工厂的静力试验室进行了强度试验，结果证明结构强度完全合格。这种试验用液压筒通过许多钢索对一架完全真实的飞机结构施加载荷，最后活生生将结构拉碎，检查结构是否能承受100%的设计载荷。试验的规模很大，也很惊心动魄。试验是采用循序渐进的办法，连续试验了好几周。于振武到场看过多次试验，他仔细观察，一言不发。

当结构上的载荷逐渐增大时，试验场地的气氛越来越紧张，试飞员亲眼看到飞机结构承受这样大的载荷而没有出现异常，树立了对这架飞机的信心。当试验加载超过80%，还没有宣告试验完全成功时，他就在现场正式向组织提交了早已写好的、坚决完成试飞任务的决心书。

银燕腾空

“歼教1”的研制将近尾声时，我忽然文思喷涌，觉得自己可以写出很多东西，只是没有时间。我一直很喜欢看电影，看时常常被感动，也仔细读过《电影编剧》一类的书。我曾对一个同事说，如果给我三天，我可以完成一部电影剧本。他听了没有立即回答，然后慢吞吞吐出几个字说：“只怕给你三个星期也写不出来。”他说得对极了。我当时的豪情壮志，大概属于少年时倒数第一也要去参加游泳比赛般的自不量力，仅仅精神可嘉而已。

这时我听说八一电影制片厂要来厂拍摄关于“歼教1”的电影。我出于“非分内事也要管一管”的积极性，在很普通的纸上很快挥写了几页“剧本”，然后交给了领导，说是如果真正拍片则提供参考，后来我出差到了外地。回到工厂时，听说摄制组已经来到工厂，一个导演，一个摄影师带一个助手共三人。导演是张加毅，刚到南海拍过纪录片《西沙群岛》而著名。他要求飞机工厂提供一个剧本。

飞机工厂是个编制齐全的万人大厂，立即叫宣传部门写了一个剧本。但是宣传部门写惯了宣传栏里的照片解说词，写出的剧本里的镜头全是静止的陈列，导演看了说这个剧本不能用。工厂这才把我写的几页纸拿出来给他。导演看了，提出要我到招待所去“谈一谈”。

到了招待所，见到张导演便向他说，我参加研制这架飞机有许多体会。镜头应该表现这些，而不是表现那些；应该这样表现，而不是那样表现。张导演听后当场把大腿一拍，说：“你就是编剧！”

1958年7月，“歼教1”完成了试飞前的一切准备，距离王西萍局长来工厂动员又正好100天。这是“歼教1”历史上第二个100天。

7月26日那一天，全体机务人员在检查完飞机之后，一反工厂试飞站平时比较随便的工作习惯，在飞机旁列队立正。组长跑步到身穿皮飞行服的试飞员面前，猛然立定，举手敬礼，报告“准备完毕，飞机良好”。这个场面是很感人的。

飞机的表面喷着银白色的罩光漆，使飞机成为一架名副其实的“银燕”。于振武来到登机梯前，看着这架崭新的从来没有人飞过的飞机，不自觉地用脚在地上擦了擦靴底上的土，才攀梯登上飞机。

指挥台升起一颗绿色的信号弹，这是对“歼教1”放飞的信号，是对我们这支航空设计队伍的成绩初次考核的信号，也是祖国航空设计事业起跑的信号。在这个历史性时刻，我感到喉头发哽，眼睛直冒泪花。

“歼教1”启动了发动机，这台由中国设计人员第一次设计、由沈阳发动机厂制造的动力装置，给了“歼教1”以生命。飞机仿佛从沉睡中苏醒过来了，呼啸着向跑道滑去，尾喷流卷起一片热浪。

然后“歼教1”在跑道上加速向前冲去，轻盈地飞上了蓝天。只见它逐渐积累高度，迅速变小，它灵活地转了一个弯，保持在人们的视线内。

当时许多设计人员和工人都在跑道边观看，紧张的心情立即释放出来，迸发出一片掌声和欢呼声，在这空旷的机场上汇成巨雷般的轰响。

试飞时，我们设计所人员的观看位置，被安排在试飞站建筑的二楼平台上，可能是认为这里相当于剧院包厢，以示对设计人员的优待。但这却使肩扛摄影机的八一电影制片厂的摄影师在下面敲锣打鼓的人群中跑来跑去，找不到设计人员。我站在平台上还嫌不够高，站在一块突出的砖块上看着飞机的飞行，情不自禁地一直热烈鼓掌。没想到被远处的摄影师发现，给我拍了一个远镜头，将我的身影留在这部历史性电影的试飞场面中。

按照初次飞行的规定，“歼教1”绕场一周，便下滑进入着陆航线。毕竟这是中国的第一架喷气飞机的胜利飞行。飞机安全着陆后，设计室主任徐舜寿和

职工拥抱试飞归来的于振武

试飞员于振武热情拥抱，人们把于振武抛了起来。

新中国第一架自行设计的飞机胜利完成试飞的消息，当即报告了周总理。当时甚至打算在“十一”国庆节时飞过天安门。但经过对环境条件的通盘考虑之后，认为还不宜公开。周总理说，告诉这架飞机的设

叶剑英元帅等观看“歼教1”飞行

计人员，要他们做无名英雄。新华社为这架飞机首飞成功发了一条内部消息，这条消息是组织委托由我起草的。

叶剑英元帅和空军司令员刘亚楼特地从北京赶到沈阳参加了“歼教1”的庆功会，并观看了“歼教1”的精彩飞行表演。当时担任表演的飞行员在前期的飞行中感到操纵十分得心应手，因此表演时在空中做出了很多精彩的特技动作。一时心情兴奋，突然飞临众多观众头顶，超低空大坡度盘旋，动作万分准确但也令人惊心动魄，引起观众们发出一片惊呼。刘亚楼司令员叫身边的工作人员立即向指挥塔台跑去，急急叮嘱说：“叫他飞高些！飞高些！”

30年后，第一位试飞员于振武担任了中国空军司令员。

八一电影制片厂记录“歼教1”研制过程的电影拍成时，我已经离开设计室，在工厂的车间“劳动锻炼”，所以该片放映时我并没有看到。看过此片的朋友告诉我说，片头如同一般电影一样打着字幕，“编剧”一栏后面写的是我的名字。

这部片子记录了我国第一架飞机诞生的历史。20多年后，此片曾在航空部内各种会议上广泛放映。这时我已经调到了南方上海，第一次看到此片时已近50岁。片中有我的镜头，当银幕上出现我28岁时年轻的模样，一同看片子的同事们大惊小怪地长呼短叫。

四

45年后才乘坐上的飞机

第二个设计目标

在“歼教1”试飞成功之后，我为工厂的庆功会写了一首歌唱新机飞行的四声部合唱曲，指挥设计室的技术人员在文化宫剧场演唱。设计人员的文化素质较高，唱多声部的合唱还是有基础的。从此，我的作曲能力被工厂文艺活动的组织者知道了，为以后我在工厂音乐舞台上的多年活动埋下了伏笔。

作者指挥技术人员高歌自己创作的合唱曲

1957年，我们设计的第一架飞机“歼教1”的研制已经进入发展及试制阶段，设计室主任徐舜寿召集我、顾诵芬、冯钟越等当时“技术委员会”的成员，一同讨论应该再设计什么样的飞机。大家打开思路，曾提出供国家高层工作人员出差用的喷气式公务机、小型多用途飞机、靶机等多种设想。初级教练机是当时提出并作了重点讨论的机型之一。

20世纪50年代我国培养飞行员使用的初级教练机是苏联的“雅克18”，当时在我国的南昌飞机厂已经按照苏联图纸投入生产。“雅克18”是一种蒙布构架式结构，后三点起落架的飞机。当时大部分先进飞机都已经采用前三点起落架，飞行学员却必须用后三点起落架飞机学习飞行是不合理的。那时的训练体制是飞行学员在“雅克18”上学会基础的飞行驾驶技术之后，还要经过“雅克11”高级教练机及“拉9”等飞机的多级培训，才能够驾驶在第一线服役的喷气式战斗机。

当时苏联已经推出一种前三点的改型设计“雅克18A”，使用方有意要求航空工业部门生产这种苏式机型的改型机。当时我们认为：中国的飞机设计力量在设计了“歼教1”喷气式教练机的基础上，独立设计出螺旋桨式初级教练机已没有技术上的困难。自行设计还可以使初级教练机在技术上向“歼教1”靠拢并形成系列，把“多级培训”压缩为“初教—歼教—现役”的“三级培训”体制。

于是设计室开始对“初级教练机”的设计进行一些初期酝酿。当时有个别技术领导还是把设计工作看成是“再现”一个现成的产品的过程，就把画一张飞机草图的任务交给一位刚从南昌调来的技术人员，因为他来自生产“雅克18”的工厂，必然对这种飞机比较熟悉。这位技术领导还越过总体设计组，直接对该方案的草图绘制进行技术指挥。果然，这样绘出的草图，基本上是“雅克18”的再现，许多设计特点仍然维持原样。

这是出自“工业化”初期的陈旧观念。当时只注重“造出来”，而不强调产品的创新。比如在20世纪初我国最早的一些民族资本家，当他们发现别人的工厂有某种先进的加工设备时，便千方百计去仿造，甚至夜晚派人潜入对方的厂房去打着手电筒偷偷画出图纸。只要照样造出来，便与对方处在了同一竞争地位。但是飞机自诞生起就标志着“技术时代”的到来，在短短几十年内飞机在更高、更快、更大上出现了跨度极大的变化。所以飞机产品的发展单凭“仿造”是没有出路的。不幸的是在我国航空界许多人没有认识到这一点。

徐舜寿的设计思想一直是主张“熟读唐诗三百首”，推行独立自主进行工程综合的技术路线，而反对“唯某种已有机种论”。所以，当上级正式决定开展设计初级教练机的任务之后，以徐舜寿为首的设计室决定放弃那个仿“雅克”设计的设想。

“初级教练机的总体设计，还是交给你这个总体组来重新开始。现在需要到另一城市的航空学校去一次，听取一下他们对新教练机的要求。这次就你去吧。”徐舜寿对我说。

具有特色的设计

记得设计第一架飞机“歼教1”之初，是徐舜寿和黄志千带领我去航校调研的，我当时跟着他们，心里很踏实。而这次却叫我独自一人前往，我这时只有27岁，首次担此重任，不免有些胆怯。幸好设计新飞机的任务在身，使我内心充实。

航校的飞行教员们对我国即将设计供他们使用的飞机感到十分兴奋。航校为我召开了座谈会，我受到青年飞行教员刘观潮等人的热情接待。我在会上说明了来意，解释了设计的初步意图，并提出一些我们特别希望了解的使用方面的几个问题。他们在座谈会上谈了许多后还意犹未尽，会后一批一批来到我住的招待所，继续畅谈各种想法。

事隔20多年之后，我的工作已经转到上海，曾经和我畅谈过的飞行教官刘观潮到上海，特地来看我。我很惊奇他知道我的行踪，也惊奇他还记得我在多年前做的那次“调研”。

也许有人认为，作为一个工程设计人员，本分就是完成别人规定的任务，按常规写写算算、勾勾画画。至于去了解一种新产品的周围环境，去列出若干值得注意的因素，排出需解决的问题的优先级，逐个想出解决的办法，这些似乎不是技术工作本身。但是我设计了几架飞机之后，觉得这些才是决定飞机设计成败的关键。

通过这次调研，我对这架新设计的初级教练机的型式初步形成了几点构想：

首先，结构选择为应力蒙皮的铝合金“半硬壳”型式，因为这种结构比苏制“雅克18”的蒙布构架式结构在工艺上更容易达到生产质量的稳定，有更长的使用寿命，并便于维护。我们通过“歼教1”已经掌握了这种型式的设计、计算和制造技术。为此，我和一位技术领导发生了争论，因为苏联的初级教练机“雅克18”采用的是蒙布构架式结构。有些人从根深蒂固的“仿制”思想出发，总担心中国人如果不按外国现成的步子走，自己“独出心裁”会带来想象不到的风险，说不定会“天塌地陷”。但是经过讨论，采用“半硬壳”式结构的意见终于得到一致同意。

在飞机的性能方面，根据当时发动机的功率，飞机的最大时速与最小时速的间隔将小于200千米。为了尽可能扩大这个间隔，我打算在机翼上采取左右贯通的单片式襟翼，这样可以避免增升环流在根部中断而提高升力，也使着陆襟翼放下后更好地起到阻力板的作用。这样一来，机翼将成为外部上反的“海鸥式”，颇具特色。

对于初级教练机，失速和反尾旋性能很重要，机翼的外翼应有扭角形成“外洗”，以保证大攻角下不会发生机翼偏坠。同时，为了使尾旋时平尾对垂尾的遮挡最小，我们将平尾位置尽量后移，并将垂尾设计成直立的梯形。我本来打算将平尾移到整个机身的最后方，采用左右升降舵一体的办法，可使飞机节省一个部件，但这个方案经过讨论后认为对“初教6”不合适，为此升降舵仍然保留了一般飞机的左右两片。后来一体升降舵的方案在同年我设计的“勤工号”飞机上得以采用。在设计飞机的翼尖、尾翼等部位时，我有意采用了与“歼教1”接近的外形，使这两架教练机形成序列时给人以更接近的视觉感受。

飞机的起落架将采用前三点型式，这是这次设计的主要目的。

我感到“雅克18”的座舱视界受到较多遮挡，仪表板杂乱，存在很大的改进空间。为此，“初教6”的驾驶舱前方采用整块弧形风挡，取消了“雅克18”在风挡上的几根立柱，并为“初教6”设计了大块敞亮的座舱罩。

此外，“初教6”原打算采用东欧一种汽缸对置式发动机，以进一步改善驾驶员的前方视界。但这种发动机的资料不够详尽，到要用时还没有实际研制出来，并且它没有倒飞装置。这对初级教练机显然不合适，所以后来仍然采用了苏式星形发动机。

我们将“初教6”的仪表板排列尽量向“歼教1”靠拢，希望日后便于飞行学员的过渡。另一方面，我观察到苏式飞机仪表板上有许多安装仪表的螺钉暴露在视线中，在飞行中并无操作与观察的功能。为此，我建议在“初教6”的仪表板上安装一块盖板，遮住飞行中没有作用的仪表安装螺钉，使板面干净利索。为此实际造出了一块试样，安装在木质样机上供飞行员们比较。不料熟悉了“雅克18”的飞行员认为他们对突出的螺钉已经习惯，并不反感。所以这个设计没有在“初教6”上采用。但时至今日，我们可以看到连汽车的仪表板都不再外露安装螺钉。

总之，在“初教6”的设计中，我们千方百计使型号具有一些特色，形成一种风格。尽管有一些设想没有完全实现，但我们仍然使“初教6”成为一种优于我国当时使用的外国同级教练机的新型号。当时航空工业局局长王西萍评价说：“是一种具有自己特色的设计！”

告别与重逢

在做出“初教6”的总体设计之后，我首先要求木工车间按总图制造了一架缩小比例的全机模型。我拿到这架小模型万分高兴，它不像世界上任何一架现有的飞机，但各部件安排合理，线条优美。我把这个模型拿到结构设计室给同事们观看，大家都笑逐颜开，很是兴奋。

我后来又负责在木工车间制出了全尺寸木质样机，从我调研过的航校请来刘观潮等飞行教员提意见。在小模型和全尺寸木质样机制造中，对用木质材料如何表现形状复杂的螺旋桨，我根据自己制作飞机模型的经验体会，站在木工台前，一步一步指导木工如何操作，达到了理想的效果。

我们根据飞行教员的意见对设计进行了必要修改之后，在沈阳“第一飞机设计室”完成了“初教6”的“技术设计阶段（我国有时又称为“打样设计阶段”）”。这时，上级决定该机的详细设计及试制生产转由南昌飞机工厂完成。南昌方面派来接收任务的技术队伍由高镇宁带队。他在清华大学航空系学习时

1958年摄于“初教6”木质样机前。后左第一人为作者。照片中苏联人为来访的外宾，并未参加“初教6”的工作

比我低三个年级，他的哥哥与我同班，就是在建厂设计处工作时，建议我给新来人员讲设计思路总结的高镇嬴。在大学期间，高镇宁到宿舍来找他哥哥时我见过他，那时我们这些“高年级生”看他完全是一个小孩。高镇宁后来担任了航空部的副部长，并任中国科协的领导职务。

沈阳的“第一设计室”派出了一支技术队伍，携带全部总体设计和技术设计的图纸及资料奔赴南昌，与当地的技术力量一同完成了“初教6”的详细设计和试制。我这时在沈阳投入了另一新机种“强5”的总体设计，没有随同前往。

所以，“初教6”是沈阳和南昌两方面合作的集体创造，南昌对这架飞机的完成做出了重要贡献，它是南昌飞机工厂的产品。

国内有一股不相信中国人能设计飞机的思潮。当一架国产飞机在设计中时，他们就说：“不能飞。”到飞起来了，就说：“不能用。”这种思潮几十年一贯如此。“初教6”在南昌试制完成并成功试飞之后，管理部门仍然主张生产那种技术状态更差的“雅克18A”，理由是那不是中国设计的。

直至航空管理部门一位新领导上任，对长期的争论十分不满，拍案而起说：“为什么不能用中国自己设计的飞机？”这才在摇摆3年之后于1961年投入生产，成为投入生产的我国第一架自行设计的飞机。

“初教6”在初次试飞22年之后，于1980年被航空工业管理局授予“质量金奖”。到20世纪末，

在美国奥什柯什机场上的中国“初教6”机群

连续生产了40多年，共产出约2600架飞机，受到飞行教员和学员的交口称赞，并出口国外，受到广泛欢迎。

自从“初教6”被高镇宁接到了南昌，45年后，我才与这种飞机在海外意外相逢。

那是1999年，我进入了70岁，已经从飞机设计岗位退休。一天，我正要出门去出席上海科普协会的会议，室内电话响，便转身回房接电话。电话里讲英文，说：“你是某某吧？”我说：“是的。”他问：“你是否设计了CJ飞机？”我说：“不是。”我当时想，我并没有听说过这种飞机。电话中又问我是否设计过飞机，我说是的。他又问我设计过一些什么飞机，我说有一种初级教练机，还有一些别的。他说那就对了。

我这才猛醒过来，原来CJ就是“初教”的汉语拼音，便说：“是的是的，你在哪里打电话？”对方说：“是从美国。”他刚从中国回到美国，在中国时打听到我的电话，因为他在美国买了一架CJ。我说：“你对这飞机的感觉怎么样？”他说：“很好。”他说美国有很多人买了这种飞机。他自我介绍是美国联合航空公司的一个767飞机的机长，名叫哥斯比。他谈起CJ飞机来，简直意犹未尽。

又过了几个月，一天我接到哥斯比从东京来的电话。他将于当天晚上驾驶航线班机飞抵上海，约我到他们的驻地“假日旅馆”一聚。他是一个个子高高，很热情诚恳的人，比我小10岁。

那天我们共进晚餐。他告诉我，这种飞机在美国很受购机者欢迎。他是在驾驶航班飞行到伦敦时，在一家书店看到《中国航空40年》的英译本，便买了一本，从“初教6”的设计过程中看到我的名字。他飞航班到北京时去参观了在北京北郊的航空博物馆，在那里打听到我的电话。他说在美国购买这种飞机的人们有一个协会，常常在各地作编队飞行及特技表演。我在谈话中看得出他是一个对飞机和飞行极为热衷的人。我谈了一些40多年前设计“初教6”的事。似乎他也觉得与我很谈得来。他回到美国后，将和我见面的经过写了一篇文章，题名叫《我会见了他本人》，发表在协会的通讯上。

作者72岁时乘坐27岁时设计的、漆有中国徽号的“初教6”飞行在美国天空

作者夫妇与美国驾驶夫妇在漆有中国徽号的“初教6”前

2000年秋天，我突然收到这位哥斯比机长的电子邮件，称在美国的“初教6”拥有者希望在2001年的“飞行大会”上与我相见。21世纪第一年的春天，我收到美国EAA（Experimental Aircraft Association）的邀请信，邀请我作为嘉宾参加2001年7月在美国奥什科什举行的“飞行大会”。

于是我得以到美国与阔别了多年的“初教6”再一次亲密接触，并第一次乘坐我风华正茂时在绘图板上画下第一根线条的飞机，翱翔在异国土地的上空。

美国威斯康星州温尼贝戈湖畔，天气晴朗，飘洒着朵朵浮云。在号称“全球第一繁忙机场”的奥什科什机场上，正在举行世界上规模最大的“飞行大会”。跑道旁宽阔的草地上停放着数千架从世界各地飞来的各种飞机。在飞机旁到处涌动着参观的人群，仿佛在过盛大的狂欢节。跑道旁，上万人头攒动，人

作者72岁时在美国登上45年前设计的“初教6”

们神情专注地在观看精彩的飞行表演，特技类飞机拖着彩色尾烟在空中翻腾。

这时远处传来隐隐的机声。云层下数十架飞机组成的庞大机群逐渐临近，排成整齐队形的飞机在阳光下闪烁着光亮，蔚为壮观。机声越来越大，低沉而和谐，直到声音铺天盖地，仿佛苍穹下奏响了巨大的管风琴。机场上的广播喇叭响起：“这是中国的‘初教6’组成的编队，正在通过会场。我们荣幸地告诉大家，这架飞机的设计师就在现场……”

我这时已经进入72岁。“初教6”在美国已经卖出约200架，成为在美国销售最多的中国飞机，很受买主们的欢迎。

我首先参加了驾驶员们在美国的曼尼托沃克（Manitowoc）机场的编队训练，为期一周。在这里我乘坐这种飞机升空体验了飞行。这架45年前我在绘图板上画下第一根线条的飞机，我在国内竟没有机会乘坐。这次在美国登机升空，飞行的感觉非常平稳舒适，特别是座舱的视界宽阔，使我能自由地观看到天空和地面广大的区域，伴飞的僚机在空中的姿态和动作也都清楚如画。然后，在奥什科什飞行大会开始时，协会组织了庞大的机群编队从曼尼托沃克起飞，直飞奥什科什机场，这一年参加奥什科什飞行大会的飞机约1万架，会期一周，参观者约75万人。我满头白发被特邀乘坐在领队飞机上，带领机群浩浩荡荡飞入大会会场。

该协会举办了一次宴会，正式欢迎我的到来，并邀请我在宴会上对“初教6”的发展历史，以及我本人的事业经历作一个演讲。我在致辞中，介绍了该机研制的经过，着重说明了这是一架由中国自行设计的飞机，而不是一架改型飞机。我列举的事实和例证被与会者接受，他们对此报以热烈的掌声，致辞完毕后，全场起立鼓掌，表示了对中国飞机设计人员的尊敬。

在此以前，中国飞机设计师在美国作为嘉宾邀请去参加飞行大会还比较罕见。加之我72岁与27岁数字的偶合，有一定的新闻性。在美国和我国的航空界都引起一定的关注，美国的一些报纸、刊物以及网站、广播电台等对此作了报道。我国的《航空知识》《新民晚报》《产经新闻》等报刊刊登了文章，上海东方广播电台作了播送，《民机设计与研究》刊物和《中国少年报》报道的标题是《美国人对中国飞机设计师翘起了大拇指》。美国刊物对我这次访美的报道中，第一句引用了当年罗马帝国对凯撒大帝取得高卢重大战役胜利的经典描述："他来了，他看见了，他征服了。"

美国人盛赞CJ是一架好飞机。我知道这架飞机的总体设计的每一条线是如何画出来的，我相信这是一架好飞机，但是我没有想到，在异国他乡的美国人对这架飞机的赞美竟是如此热烈。在美国购买"初教6"作为个人座机的有各行各业的人。其中好几个是航空公司的机长，他们有的已经退休，有的仍在航线上飞行。这次出席大会年龄最大的是一位退休的西北航空公司的机长。此外有大学电子计算机教授、有两名医生、有金融公司及国际运输公司的董事长、有一位是跨国公务飞机公司的责任执行副总裁（只有30来

作者应美国驾驶员要求在其飞机上题写"祝飞行愉快"的赠词

美国机长为“初教6”的飞行表现向作者竖起大拇指

岁，他在大学时曾作为中外学生交流活动的参与者来中国参观过）、有航空机务人员。有一位网球名将可能是这次前来的最年轻的男士。而年轻的女士则是一家航空刊物的编辑。其中还有一位是在芝加哥附近耕种大片田地的农民。他有好几架飞机，在他的农田上修有一条简易跑道供飞机起降。这次他将飞机漆得通红飞来参加聚会，获得协会颁发的“最佳装饰奖”，他的夫人和两位读中学的女儿也来了。我从谈话中知道，这位农民最近刚到中国去参观“三峡大坝”回来。这次“飞行大会”中我成天和这些人在一起，与美国不同领域的人有了一次难得的近距离接触的机会，能够倾听到来自不同背景但同样使用CJ的人直率的意见。

他们中有的人原来已经有了一架“雅克”，但卖掉了“雅克”改用CJ。一个叫布莱因的对我说，

2001年作者夫妇在美国就“初教6”的历史接受法国航空记者的采访

他飞过25种飞机，其中CJ最好。他在停机线上对络绎不绝的参观者也这么说。还有人对我说，每种飞机都有自己的缺点，但是CJ没有缺点。我问过邀请我的哥斯比，CJ究竟有什么好，他的回答是“飞行中重复性好，便于编队飞行，没有怪僻”，他对这架飞机使用的形容词是“忠诚（Honest）”。

有人向我表示，他最欣赏的是CJ机翼的外扭，失速时是非常温和的，改出尾旋只需松开驾驶就会自动改出。有人表示很喜欢CJ的海鸥形机翼，一看就与苏式“雅克”不同，很好看。对“初教6”采用的“半硬壳式”铝合金结构，人们称赞不已，说真是结实，已经用了几十年了，状态还那么好。他们中有的买的是二手飞机。

他们也反映了一些在美国的使用条件下的具体意见，如某些操纵器件和仪表不符合美国人的使用习惯等。但是这一点并不妨碍他们认为CJ在总体上是一架好飞机。有人对我说，即使你没有设计过别的飞机，只要有CJ就是很了不起的成就了。难得有人在网上发表感慨说：但愿他本人在72岁时也有这样的风光！

老实说，我在20多岁时在绘图板上绘出的飞机，事隔近半个世纪之后在海外听到这样好的评价，是我无论如何也没有想到的。

事隔两年后，到了2003年的奥什科什“飞行大会”，我国去参加的人员中有我熟悉的驾驶员。他回国后告诉我说，他在奥什科什看到美国7月份的一期航空刊物上还有关于“初教6”的介绍文章和对我的采访，很轰动。我奇怪我被邀请访美已经过去两年了，难道在美国引起的关注还没有降温？以后，我收到美国友人给我寄来的刊物，确实如驾驶员朋友告诉我的，美国人还在赞扬“初教6”并记得我的访问。

五

峭壁上的雄鹰

磨砺设计的剑

我当时对飞机总体设计形成了几点看法：第一，飞机设计分为选择型式和确定参数两大步骤。对型式的选择是一种定性的思维，是形成设计基本面貌一个非常重要的步骤。任何工程型式并非必然如此的，而是设计者根据产品的需求对许多可能采用的候选手段进行人为选择的结果。而确定参数则是用理论或经验公式计算的结果。我认为确定参数主要依靠形式逻辑的推演，而选择型式则更多地依赖经验、见识、预见及综合性工程思维。第二，飞机设计必须清楚地判明目的与手段。一般初级的工程思维容易把注意力集中在手段上，而忽视了真正的目的。比如，当时一所学院设计了一种农业飞机，提出的方案却采用了许多旅客机所使用的手段。当他们拿方案到“第一飞机设计室”来征求意见时，设计室主任徐舜寿指定我去接待。我询问为什么设计偏离了原定的目标，得到的回答是“因为这些手段更先进”。我当即坦率地表示了我的意见，我认为离开了目的就谈不上手段先进不先进。

这些看法，我认为十分重要。因此，不但在当时的几个型号的总体设计中注意实行，并且贯彻在我后来陆续设计的其他型号中。

我当时已经准备把飞机总体设计作为自己的终身事业，仍然关注国际航空技术的发展，在业余时间继续为北京的航空刊物撰写专题性的科技文章。在北京的刊物编辑部，特地托人给在沈阳的我带来“特约编辑”聘书。

同时，我集中阅读了许多有关飞机总体设计的文献，并特地准备了两个本子。一本用来分门别类地摘录西方和苏联各种设计书籍中确定参数的公式；另一本则取名为《柳暗花明集》，专门观察记载世界各种型式的飞机为解决各类问题而采取的不同技术手段。

在“第一飞机设计室”，我在业余时间仍然热衷于航空模型的设计、制造与试飞。室主任徐舜寿支持航空模型活动，特地在设计室辟了一间“模型工作间”，并购置了一定器材供爱好者自由使用。于是我在沈阳继续设计和制作了大量的模型，在设计室后面一块小草地上试飞，继续试验对飞机设计的各种设想。模型飞机成为我25～40岁间重要的活动。我认为，做一个飞机设计师很重要的是拥有技术综合能力，这是指将许多不同门类的技术，综合在一个产品中，最后显现出特定的功能。我觉得航空模型的设计与制作对从事飞机设计的人员，有不可忽视的锻炼作用。

我特别指能飞行的模型，不论是线操纵、自由飞或遥控模型，并且指的是自己设计的试验模型。因为它在飞机设计的最重要的三个学科：飞行力学、飞机结构学和动力装置的综合上给人以锻炼。我不太重视创造航空模型纪录的航模运动，因为那可能将目标引向手工技艺的精巧及对有成绩的现成设计的仿造上。飞行力学的认识对从事飞机设计的人有根本意义。有些人被认为“搞航空而不懂航空”，就是因为他们的意识离航空技术的最终目标太远，离飞行太远。

我国从事过航空模型运动的人，不见得都在航空技术上有所建树。但是反过来，在航空的几个重要领域里做得比较出类拔萃的人，如国防科研岗位上、空军理论研究方面、军用飞机和民用飞机设计方面，甚至滑翔机研制方面有一定成绩的人物，凑巧在青少年时代都搞过航空模型。这中间也许不无内在联系。设计和制造航空模型，那是一项小的系统工程。我认为这些人早年的航空模型活动对他们以后从事大的技术综合性工作做了某种准备，养成了他们观察和处理事

我军装备的“强5”机群

物的某些思路，而思路对于工作的成功有着非常关键的作用。

我离开了这个单位后，不久徐舜寿也被调离。我离开沈阳30多年后，一次开会再回到那个部门，见到当时的同事，大家很亲热地纷纷回忆在一起的日子。有一位一见面就嚷着说：“哎呀，当时，呜呜呜——”同时举起手在空中转圈子。我问这是什么？他说：“你那时的模型飞机呀，经常在我们的头顶上飞！”

20世纪50年代末，我国的飞机设计事业欣欣向荣，一个型号接着一个型号提到议事日程上。我在主持“初教6”的总体设计之后，构思一架对地攻击的强击机设计。

不久上级决定将强击机正式进入总体设计。这个新设计，当时命名为“雄鹰302”，就是后来的“强5”。

“你去一下部队，了解一下部队对攻击地面的飞机的需求。”1958年夏天，设计室主任徐舜寿对我布置工作说。

“我一个人吗？”我问。

“就你去吧。现在工作太忙，我们走不开。你已经做过两架飞机的调研了，成绩不错，弄清楚了不少问题。你不是新手了，该怎么调研你是知道的。你带回来初步的结果我们再看。这次你先去。”徐舜寿说。

强击机是一种令地面敌人生畏的特殊机种。一般轰炸机在中空或高空投弹，战斗机也在高空战斗。而强击机则擅长于对紧贴地面的坦克、碉堡、炮兵阵地或战壕发起饿鹰扑食般的进攻，也擅于攻击水面的舰艇和船只。它的发动机呼啸着在人们头顶上掠过，机翼像风卷残云般掀起飓风，强大的火力能把泥土翻耕一遍，在战线上空展现一种震撼的威力。

苏联在第二次世界大战中创立了这种机型，德国人在战场上受到了很大的威慑，称之为“黑色死神”“坦克克星”。这种飞机我国也进口了，我出差在南方机场见到过。现在在我的绘图板上将出现的，便是这类飞机。

“嗵嗵嗵、嗵嗵嗵……”

炮火响处，靶场上硝烟弥漫，烟尘滚滚。我出访的第一站，是某地一支用喷气式“歼5”对地攻击的部队。“歼5”是当时空军主要的歼击机，装有较强的攻击火力，该部队就用这种飞机作对地攻击训练。

他们和我开过座谈会后，带我到对地射击靶场，实地观察机队对地轮流射击的训练。以高速性能为主的歼击机，在低空低速中转弯轮流进入俯冲射击，也表现了很好的机动性。那种炮火连连、打得靶场上烟尘横飞的景象，给我留下了深刻印象。他们反映，应该进一步加强对地攻击的火力，并提出了飞机其他方面如何适应对地攻击要求的许多设想。

我访问的第二站，是某地一支使用苏制螺旋桨强击机“伊尔10”的部队，他们曾参加解放一江山岛的战役。飞行员们向我反映“伊尔10”在低空低速时有良好的操纵性，对地攻击火力很强，为防御地面轻武器的对空射击而在重要部位有坚固的装甲防护。他们还给我讲了解放一江山岛战役中的许多轶事，如低飞中一只海鸟撞进一架“杜2”的发动机舱等。言谈中他们充满了对自己使用的强击机的偏爱。

从他们的谈话中，我了解到强击机执行的任务特点，所要求的飞机性能、火力、装备、特性等多方面信息。有些细节也使我难忘，比如飞行员告诉我，

“伊尔10”的左侧防护装甲略低了一点，使飞行员操纵油门的左手暴露在外得不到防护。只要装甲再高一点，就可以使飞行员在冒着弹雨去进攻时无左手被击伤之忧。

我访问的第三站，是当时地处南方一座城市的空军学院。学院的战术教师向我介绍了对地攻击战术的最新演变。他主要取材于国外资料，在国内尚未实践过。我刚访问的两支部队得到的是已有机种上的经验，而空军学院所介绍的是今后的发展趋势，对于在总体上认识这种机型无疑是很好的补充。

带着收集到的丰富信息，我回到“第一设计室”立即着手撰写调研报告。强击机不仅对我，对我国当

作者摄于“强5”机前

时整个的航空工业界都是一个全新的领域。由于收集来的信息涉及的方面很多，我感到手中的笔简直来不及写下脑中涌出的思路。于是我大胆采取在电影中看到外国人用过的办法：请一位书写很快而字迹清楚的文书帮忙，由我口授，请她当场记下来。

这是我一生中最成功的一次口授。内容实在太多太庞杂，如果我自己一个字一个字写，会越写越烦躁。但这天口授中我一点没有犹疑不定的时候，说话毫不磕巴。我说完一句，稍作停顿等文书把这句写下来，便接着流畅地说下一句。说着说着，我翻开笔记本说："下面把这一段记录抄下来。"然后再口授下去。不到一天，一篇字迹整齐、条理分明的调研报告就完成了。我交上去后，设计室的领导很惊奇我交报告的迅速和内容的充实。

这是国内第一次谈到强击机，集中了设计人员关心的新鲜信息。十几年后我遇见其他单位的工作人员，以前并未见过面，他听到我的名字立即说："啊，知道，第一份关于强击机的调研报告就是你写的。"

雄鹰初现

对新的强击机设计方案，我当时有两种设想：一种是继承螺旋桨式强击机的优点，因为这种推进方式很适用于低速低空。一江山岛战役中螺旋桨式强击机发挥的作用给我留下很深印象。为了加强火力，提高装载攻击武器的能力，必须加大发动机功率。我设想采用双台发动机，采用双机身布局，我为这种设想绘制了草图。

另一种设想则是采用喷气动力。当时我国已经按苏联提供的图纸生产出“歼6”，这是我国第一种打开发动机加力以后可以超过音速的歼击机。可以将它提高速度的发动机的推力用在提高载重上。该种飞机便于发动机安装、维护、拆卸的机身分段办法、后掠机翼的载重主梁和助力操纵系统等设计特点可以在新机设计上采纳。但新机需要在机身内设计炸弹舱，并且机翼的参数也要根据新的飞行任务重新选定。我们仍将使用两侧进气口，而不用苏式机头进气。我对这些设想也做了参数选择，绘出了草图。

当时技术发展的趋势是喷气化，因此最后选定了第二种方案。

顺便说一句，我们放弃了双身强击机方案后五六年，美国大张旗鼓地为越南战争设计对地攻击的所谓“反暴乱飞机”，在全美各飞机厂商进行设计招标，应标的12个厂商所提的方案，竟全部都是螺旋桨双身布局，真是一种巧合。可见我们当初提出双身设想，也有其合理性。

我在喷气强击机的草图基础上，进一步仔细确定参数、外形，布置主要承力结构的走向，进行部位安排、重心调配和结构安排。然后，像以前两架飞机的总体设计一样，制造了全尺寸木质样机。

这时，上级决定将“雄鹰302”的任务也转到南昌飞机工厂去进行，并将沈阳“第一飞机设计室”中的资格较老的工程师陆孝彭调去南昌工作。

陆孝彭长我10岁，长相很年轻。他在1949年前曾在英国从事航空业，新中国成立后回国来的。据说他年轻时很活跃，拉过小提琴，甚至在英国女王面前表演过中国的京剧。但是我和他一同在沈阳工作时，他专注于航空技术，没有和我们谈过文艺方面的事情。只是很多年后有一次我们共同参加一次会议，联欢时我拉了两曲小提琴，他笑容满面地对我说：“这些年来你拉琴有很大进步。”我才知道原来他还关注着我的琴声。

随着我国航空工业的飞机型号系列的编号改变，这种强击机后来改称为“强5”。陆孝彭接受该机的设计任务之后，对初步设计进行了改进，如采用面积律的机身，加长了机头锥，采用后开式座舱盖等，使“强5”成为一种很完善的机型。

“第一飞机设计室”提出设计方案的“初教6”和“强5”两种机型先后转到了南昌。这是出于我国飞机设计力量部署的意图发生了变化。原来设想“第一设计室”将是航空工业的一个飞机设计中心，所以徐舜寿把眼光放在航空技术发展的全景，寻找我国的缺项，设计视野遍及各种机型。但是当时航空工业的管理部门强调对现有机种的“专业化分工”，准备把产品设计部门配属专门生产某种机型的工厂。这样，“第一飞机设计室”迁回北京的计划不再提起，而划归为工厂的下属部门。由于该工厂的生产分工品种是歼击机，于是将非歼击机的项目转出，腾出力量来专门从事当时认为最重要的歼击机设计。

“强5”在南昌完成了设计，终于试制完成后，

“强5”转到洪都飞机工厂研制生产

“强5”火力强劲，擅长攻击地面目标及水面舰艇

“强5”通过了试飞，并开始少量装备部队。

不久后在一次边境冲突中，“强5”大显神威，受到空军部队的赞赏。这样迎来了转机，于是该型飞机被大批投产，装备了部队，成为我国国防装备中的一个重要机种。

1985年，“强5”强击机获得国家科技进步特等奖，“强5”成为我国第一种出口创汇的战斗机种。在法国巴黎航展上，我国第一次以实物参展，被誉为“亚洲明星”。在西亚一次盛大的打靶比赛中，“强5”与美国、法国、苏联3种著名战斗机较量，结果赢得了超低空飞行和打地靶比赛第一名。陆孝彭后来被评为我国工程院院士。

直到今天，“强5”仍然活跃在国防战线上。在新闻照片中，在电视节目里，常常可以看到它伟岸的雄姿。热爱航空的观众们每看到它独特的身影，都会情不自禁地叫起来“强5！强5！那是强5！”，这声浪引起我温馨的回忆，也激发起我对艰苦卓绝的中国航空人的崇敬之情。

六

带领青年设计“勤工号”

年轻人的热情

1958年春天，工厂负责青年工作的王彦明和庄桂棣（女）对我说："我们工厂有许多青年技术人员，大部分是在车间生产线上的工艺人员，他们的主要工作是制造国外飞机的某些零件。但他们也想自己参与一架飞机的设计，我们打算组织工厂的青年们设计一架飞机，你的看法怎么样？"

当时我27岁，已经完成了三种飞机的总体设计，但是这些飞机都还没有起飞。我对自己已完成的事丝毫没有自我满足的感觉，内心充斥着一种雄心勃勃、搏击长空的志向。

在当时中国的领空，还没有一架自行设计的飞机在飞翔，因此有人把设计飞机看得很神秘。但是另一方面，又有人头脑过热，把飞机设计看得过于简单。我认为设计飞机既不神秘也不简单，关键是必须遵循设计飞机的规律，熟练地使用这些规律，便能够成功地设计出良好的飞机来。

由于担任着飞机总体设计的任务，我对当时世界航空发展的形势有一定的了解，也已经连续发表了五六篇介绍国外有关军用飞机的发展新技术的文章。此外也对民用飞机的形势作了一些探索，在刊物上发表了《农业飞机》的评述文章，该文被正在研制农业飞机的航空学校指定为“必读”文献。也许因为这些背景，两位青年工作者在组织这项活动前，来听我的意见。

我的看法是：如果要设计一种小型民用飞机，则以单发动机、四座、上单翼的型式用途最广。美国、欧洲、苏联都有这样的飞机，长期来保持着很大的使用量。这种飞机在技术上也最成熟，没有不可预计的设计困难。这种飞机可以用于送人、小额货运、各种农业观察、勘探、摄影等多种用途。

王彦明说：“很好，就设计一架这样的飞机，由你来担任总设计师。”

参加这项设计工作的，只有我一人来自设计室，其余都是车间里的年轻工艺人员。我觉得他们只熟悉高速喷气式战斗机的构造，这些构造不适用于轻型飞机。因此，我建议先组织全体人员到沈阳滑翔机厂去参观一次，那里有一些从国外进口的轻型飞机，如“雅克18”“雅克12”“艾罗45”等，可以看一看它们的构造型式，以作为设计参考。

初春一个寒冷的阴天，工厂组织了几十个人，先由我讲解这次参观的目的及参观中应注意的问题，由工厂派车将这支庞大的队伍送到沈阳市的滑翔机厂。

青年们分组观察，我则向他们指出一些值得注意的细节。告诉他们，我们并不是想要复制某些构造，但是观察已有的飞机是如何解决它的设计问题的，让我们在解决自己的问题时有更广阔的思路。

虽然我说过新飞机将采用一种成熟的技术型式，但是我在总体设计中仍然按照正规设计程序，首先收集并分析了同类型机型的资料，确定各总体参数的合理选用范围，并确定飞机各主要部件的技术型式。

我感到遗憾的是，在动力装置方面，当时除了“M-11”型五缸星形排列的发动机已在国内生产之外，没有其他的发动机可供选择。仅从设计需要的角度，我很希望能采用对缸式排列的发动机。

我做过计算之后，便开始绘制总图。我当时对型式和参数已做过许多考虑，加以少年气盛，自信心很强，因此下笔很果断，很快绘出了全机总图及数据表。并立即散发各车间的设计组，作为各部件设计的依据。针对飞机便于制造和日常使用中简便的特点，我对整机的各个重要部分都有意不采用当时在高性能飞机上常用的高端技术，而采用符合该种类飞机方便使用的简易技术手段。

每当我面对大幅的绘图板，摊开一整张洁白的绘图纸，动手来绘制一架新飞机的设计图纸时，都不免有一种特别的滋味在心头。

设计飞机，首先要考虑机翼面积。当心中权衡机翼展弦比、后掠角等与飞行紧密相关的参数时，有一种神秘而庄重的意味。画在图板上的对象以后是要飞的。你在绘图中不知不觉就会想象你画出的线条将来飞在空中的样子，有一种飞腾的洒脱感充斥在头脑中，使你不自禁会带着一种审美的情调去察看你笔下的线条。

我在中学时画在笔记本中的飞机图像，纯粹是一种个人练习。但我正式从事飞机设计事业以来在图板上画出的飞机，大部分都飞上了天空。所以每当我面对一张新的图纸画上第一笔的时候，我都会感到一种挥毫直洒长空的豪迈劲头。

设计这架飞机工作时间没有保证，完全靠参加者业余挤出时间来。这样对短期突击的任务通常是可以的，但要设计出一架飞机，拖的时间就比较长，并且很不容易组织和保证设计的质量。不管怎样，我们克服了很多困难，完成了第一轮设计。

到了夏天，我们终于有了机身和机翼、尾翼的结构图纸。至于起落

“歼6”，半个世纪的传奇，战功卓著

架，由于起落架车间的工艺员们不了解我为该机选择的橡筋式、减震式的起落架，这部分的图纸暂缺。

为了保证安全，组织了设计室的青年工作者对这批初步的结构图纸进行了一次校核。而原来缺图的起落架部分，则由设计室的青年设计者补绘。

这架飞机没有经过常规的风洞试验和结构静力试验。这一方面是限于当时的条件，另一方面因为它在气动上属于常规布局，我通过已有的理论和自己的模型试验已经掌握了它的操纵和稳定特点，有把握确定它正常飞行的重心范围。而它在结构上的主要受力系统属于静定系统，用成熟的理论已经能够可靠地确定它的应力分布，因此我们认为它在气动力和结构上都可以确保安全。

“飞天”挥袖舞长空

与沈阳飞机工厂相邻的辽宁航空技校，自愿担任了这架飞机的试制任务。技校校长张伟亲自组织了试制工作。技校许多教师原是十分有经验的老技工，他们带领广大年轻学员们认真制造。一些关键的部位，在没有充足的工艺装备的情况下，有经验的老技工师傅发挥出绝技完成试制任务，我向张伟校长谈到这点时表示钦佩不已，张校长也和我一样十分赞叹老师傅们的高超技艺。

东北的冬季到来的时候，在飞机工厂跑道边的一座机库内进行飞机的总装配。当时在工厂协助生产的一位苏联老专家冒着大风来到机库。他对飞机设计表现出很大的兴趣，我用俄语回答了他的一系列问题。虽然这是一架不起眼的多用途民用飞机，但由一群青年人设计出来，他仍然觉得非常了不起，表示对飞机设计者很大的尊重。

我作为技术上的总负责人，这时思想上产生了很大压力。毕竟这是一架有许多非专业人员参加设计和试制的飞机。我抓紧时间从飞行总体安全的角度反复检查飞机。20多年后我学习新兴的学科《系统工程学》时，才知道当时使用的工作方法称为“输入输出法”。我至今认为这是从事总体工作的一种重要的思维方法。

比如说，我用肉眼观察就发现左右机翼的安装角有误差。技校一位姓周的教师再三向我保证说，是他亲自做的水平测量，数据证明两翼对称良好。但是我宁可相信自己的眼睛也不相信他烦琐的数据，对他

“勤工号”多用途通用飞机

说："肯定你测量错了，我不管你是如何测量的，结果摆在这里，就是不对称。"我坚决要求改正。

飞机的系统安装，称重等工作，是通宵赶工完成的。在称满油重心的时候，由于机翼油箱的装油量正好等于两个人的重量，我要求由两个人爬到机翼坐在油箱位置上来代表油的重量。称重完毕时天已快亮了。学校许多师生裹着大衣，靠在机库墙角坐成一排眯睡过去，等第二天天亮再接着完成试飞前的冲刺。

工厂的青年工作者庄桂棣问我："这架飞机取个什么名字好？"

当时，苏联的安东诺夫设计局刚推出一架小型双发飞机，取名为"小蜜蜂"，我国许多报刊都作了报道，很是轰动。我很喜欢这类命名，不过分讲究深意，而是取其通俗易懂，形象可爱，叫人能记住。我记得在北京参观敦煌画展时曾见到"飞天"的形象，那是一种挥舞着长袖升空的仙女，形象美丽而又有中国文化的特点，便提议说："叫'飞天'怎么样？"不料庄桂棣非常惊讶地说："叫'飞天'？"她完全没有想到一架飞机可以叫这类名字。后来，由于飞机是由航空学校试制的，当时正提倡"勤工俭学"，工厂和学校的有关方面便给这架飞机取了个带有口号意味的名字："勤工号"。

我为这架飞机设计了素净的乳白色，在机身两侧加一条装饰性红带。我希望在那个崇尚"蓝、绿"色的时代，尽可能在朴素中加上一点俏丽。

越过海峡归来的试飞员

飞机的试飞，是请滑翔俱乐部的飞行员黄铁骏来担任的。黄铁骏是从台湾驾驶蒋家私人座机“赛斯纳”飞越海峡起义回国的。当时他对卫兵说他要上机看看，不料把飞机开走了。卫兵端着枪在后面追，他起飞后紧贴海面飞回了大陆。他过去飞过许多型号的外国轻型飞机，后来在沈阳的滑翔俱乐部担任飞行教员。

在机场，我陪黄铁骏检查了“勤工号”飞机，向他介绍了设计及构造上的细节。他看后悄悄对我说：“有一个航空学校测绘仿制了一架苏联‘雅克12’飞机，你们这架比那架好！”我想大概那一架也是找他试飞的，因此他能作出比较。

1958年12月28日，已经时届年终，是个大风的阴天。我们只能在战斗机不能飞行的天气用工厂的跑道试飞。

为了增强试飞员对飞机的信心，我说：“我陪你飞上去吧。”

到了起飞线，试飞员黄铁骏对我说：“你还是下去吧，刚开始我一个人来飞。”

于是我下了飞机，来到指挥车旁。当时天色阴沉，北风呼啸，天空布满铅灰色的厚厚云层。发动机怒吼起来，试飞员松开刹车让乳白色的“勤工号”沿跑道冲向前去，速度越来越快，然后徐徐抬起机头，飞机轻盈地离地而起。

我看到飞机逐渐积累着高度，紧张地盯着机翼下的支杆。这是结构上最重要的构件，我唯恐出现什么闪失。突然“砰”的一声，震得我全身一颤。原来地面指挥员看到跑道前方有人走近，便打了一发红色信号弹叫他离开。他在我身后不远举枪对空

“勤工号”试飞留影。左起：总设计师程不时、试飞员黄铁骏、辽宁航校校长张伟、地面塔台指挥员

发射，枪声响亮吓得我骤然一惊。

试飞员安全地驾驶“勤工号”飞上了天空。这是一群青年航空热爱者的心血结晶，其中我年龄最大也只有28岁。年轻的心中腾飞的意愿终于化成真实的成果，在长空展翅高飞了，轰鸣着在长风呼号的北国冬天的云层下高奏着凯歌。这种欢声给人带来的欢愉，真是言语难以形容。飞机安全降落以后，青年们欢笑的热潮甚至盖过了北风的呼号。

第二天《辽宁日报》在头版发表了消息和“勤工号”的照片。

“勤工号”与我国破历史纪录的第一架喷气式飞机“歼教1”在同年飞上了天空，但晚三个月。在这三个月中，我负责总体设计的飞机已经有三种先后飞上了天空，即“歼教1”“初教6”和“勤工号”。而我这时正在作总体设计的“雄鹰302（即强5）”则第二年才飞上天空。

以后，“勤工号”连续进行了试飞，并向工厂的领导，所有参加设计的青年们，以及航空学校的全校师生作了飞行表演。“勤工号”成功飞行的消息传出后，黑龙江省有关单位来商谈订购的问题。但是很快随着20世纪50年代末期我国经济建设形势的变化，许多生产技术方面的发展都停滞了，“勤工号”的生产也被搁置起来。

“勤工号”的设计有一个特点，即完全是根据设计理念设计出来的。20世纪我国航空界存在一种观念，即飞机设计必须要有“原准机”来模仿，甚至提出“凡是与原准机不一致的地方就是容易出问题的地方”的偏见。

“勤工号”没有“原准机”，结果照样能飞行，试飞员的评价甚至比完全照抄测绘的飞机要好。这是因为飞机设计主要依循的是已经上升到理性认识的一般设计理论，而“原准法”只是依循个别的工程实践的个例。从工程哲学上说，过分强调“原准设计方法”，是不承认人类理性思维对规律的认识，只浅薄地承认成功的“硬件”的个别实例。把

“抄袭”“山寨”和“仿造”当作工程技术发展的唯一正确道路，是对发展不全面的认识。

在设计方法上，我的看法是：飞机总体设计主要应该根据“需要”和“可能”来选定型式，对设计参数应当进行优化，不应强调模仿。应该使用已有的理论和最新的技术发展，针对需求来设计。但在细节设计上，则应有尽可能多的成熟工程经验来作为借鉴，人类实践的成功经验都应广泛吸收，“博采众长，为我所用”，而不是在一切细节上都从头自己摸索。

我常常说，比如“勤工号”的舱门搭扣，虽然能完成功能，但外形比较简陋。如果当时我们能有轻型飞机成熟的机型可以参考，这舱门搭扣部分便可以设计得更精巧一点。但是谁都明白，门扣不是决定飞机水平的重要环节。

要“以我为主”，同时又“博采众长”，才能走出我国自己设计的道路。

七

超过音速

超音速是怎么回事

飞机的飞行速度超过音速，是20世纪中期航空技术发展中发生的最大转折之一。围绕这件事，出现了航空理论及工程实践上的突破。比如美国研究空气压缩性作用的航空科学家冯·卡门、第一个突破音障的美国试飞员耶格尔，因此名垂千古。

我在一些场合常常讲到，声音是人的耳朵这个器官感受的现象。人还有其他器官，比如鼻子是闻气味的，眼睛是感受光线的。为什么只有音速成为航空的一个重要速度，气味和光线的速度却对飞行没有突出的影响呢?

音速之所以重要，是因为音速是空气中压力传播的速度。当飞机以低于音速的速度在自由的空气中运动的时候，空气是压不住的，有如我们用手掌去拍打空气，拍过去空气就让开了，感觉上是拍了一个空。但是如果用高于音速的速度去拍打，超过了压力传递的速度，空气还来不及让开物体就闯上去了，就像一辆汽车闯进缓慢移动的牛群，前行的车子就会受到很大的阻碍。也就像用打气筒打气去压缩空气，不但很费力，并且气筒很快就会发热，用的气力一部分花在了发热上。所以超音速飞行要解决空气被压的现象。

飞机的速度超过音速，是在二次大战后期出现了喷气技术以后才成为可能的。我在航空局的技术科工作时期，从国外的刊物中看到相关报道，然后据我了解的情况写了若干介绍性文字在国内发表，引起了高校一些教师的关注。比如“跨音速面积律”这个压缩性现象就是我首先向国内报道并且命名的。

我参加“重新试制”的一种喷气式战斗机，是国外设计的一种在打开发动机加力燃烧室后可以短时间超过音速的飞机，在我国被命名为“歼6”。我被任命为三个主管设计师之一，由我主管总体、空气动力、强度和试飞几个专业，另两位主管设计师原来就在设计科工作，一位负责结构，一位负责系统。

这种飞机顺利进行了重新试制，通过了质量检验，开始大批装备部队，作为我国空军和海军的主力战机，战功卓著，成为半个世纪的传奇。到了21世纪之后，我从互联网公开资料上看到，“歼6”战机共生产了5200多架，其中出口援外1700多架。

1962年，我国引进了一种更先进的战斗机，国内命名为“歼7”，这种飞机不用打开发动机的加力燃烧室就可以达到超音速，可以长时间超音速飞行。我被指定负责这种飞机的全面设计技术，其他两位主管设计师则继续负责新试制完成的“歼6”飞机的日常生产技术问题。

从“门诊部”进到“主制工厂”

我与设计科内的技术人员，还有其他设计所派来支援的有关人员一起，首先对“歼7”这种新机型各方面的技术特点进行“摸底”。它究竟是怎么达到超音速性能的？它是如何解决新的性能要求的各种新问题的？各个部分有什么特点？这时，航空工业局已经改为航空工业部，以我所在的工厂为“主制工厂”，另外组织了许多有关的工厂都来协助这种飞机的试制。

过去飞机工厂试制外国飞机的时候，最早有苏联专家在技术上协助。工厂的各个部门如果出现问题，往往直接找有关的专家帮助解决。这时技术信息流的总汇，实际上是在国外。当苏联专家对具体问题也解决不了的时候，就由他们反映到苏联去。在“歼6”试制时，中苏关系已经恶化，工厂不再有苏联专家，工厂的各个单位“各司其职”，整个工厂解决技术问题的机制，有些像医院的“门诊部”，病人有病来医院，外科病找外科，内科病找内科，五官科病找五官科，整个技术问题的处理，没有一个经过统一规划的机制来保证。

“歼7”的研制是在国内独立进行的。工厂不能再“各司其职”，要对这个产品有一个全盘了解和总体打算。这时工厂的上层管理部门、全国有关的工厂和研究机构，都需要了解一下这是一架什么样的飞机。

于是我被邀请到工厂的管理中心“大白楼”去作关于这架飞机总的技术面貌的介绍，并在航空部召开的各厂代表出席的会议上作“歼7”情况介绍。我发挥出长期形成的“图形思维”特长，布置设计人员事先绘出大幅的图纸成排地张贴在会场（当时没有幻灯片及后来的多媒体电脑），总算把这种飞机从总体到各个值得注意的局部特点作了清楚的讲解，博得与会人士及部里来的领导们的赞许。

我国1962年总装出来的第一架“歼7”，由作者负责设计方面的技术工作，但作者在2002年才得以在“歼7”前留影

首批试制的“歼7”，是由国外运来部件在国内总装。我在现场处理工程进展中出现的技术问题。夏天，飞机运到外地一个机场，在那里进行首次试飞。我随同一群机务人员来到试飞现场，军方派来了一位空军师的师长代表，他带来一位该师的“尖子”试飞员葛文拥。

这位试飞员有一段有趣的经历。当时从台湾起义飞回来一架美制“F-86”，国内的飞行员都没有飞过，而国内也没有该机详细的资料，对各种动作的进入速度没有确切了解。但为了了解该飞机的性能，是由葛文拥上去试飞的。

后来，我针对“歼7”飞机在设计上存在的一些弱点进行了研究，提出了改进机型的几点意见。

1964年指挥设计人员高唱作者作词作曲的“飞机设计人员之歌”

这时，有关方面决定“歼7”的生产换由另一工厂进行。于是我长途跋涉来到这一工厂，向他们全体技术人员介绍了该机的技术特点，并提出几点改进的想法，供他们未来工作参考。以后，“歼7”成为该厂重要产品，他们也成功地对该型飞机作了一系列改进改型工作。有的改进型号到了21世纪还在世界热销。

时间到了21世纪后，我从互联网上看到公开发表的数字表明：我参与总装的第一架“歼7”飞机，在我国共生产了2400余架，并出口到很多国家。由于这种飞机的“性价比”很高，所以被世界很多国家采用，连同其原型机苏制“米格21”在内，成为上个世纪产量最大的战斗机。

八

闯过屏障

在我负责将“歼7”的技术情况向另一兄弟工厂的设计部门转交之后，我接到了改型设计“歼教6”的任务。

当时工厂已经源源不断生产出“歼6”飞机装备部队，成为我国空军和海军航空兵的主力机种。这是一种双发、单座、在打开加力燃烧室后可以短时间超音速的歼击机。但是这样的高性能飞机没有教练机。大批进入现役的飞行员，只能在其他性能较低的飞机上学习飞行之后，经过一些书面及口头的知识传授，直接驾驶飞机飞到空中去单独体验超音速飞行的特点。

为此，军方提出了将“歼6”进行改型设计为一种教练机的任务，工厂决定由我来担任这次设计任务的主管设计师。

一揽子计划

将“歼6”改型为“歼教6”，并不是在原型机上简单地设置第二座舱。因为“歼6”的推力并不富裕，仅在打开加力燃烧室后才能略微超过音速飞行。如果改型后的“歼教6”不能再飞到超音速，那么改型的意义将要大为降低。因此，改型中控制阻力的问题显得特别严峻。

并且，“歼6”原型机在大速度下的方向安定性已经有明显的下降，改型后的飞机必须保证方向安定性仍在可接受范围内。

此外，“歼6”原型的机身内部空间已经使用得非常充分。比如在原驾驶舱的后方，就是飞机的主油箱位置。而这正是需要安置第二座舱的部位。设置第二座舱后，主油箱的容积将减小很多，飞机的飞行时间便会减少很多。因此需要在飞机上其他部位寻找设置辅助油箱的空间，并重新调整供油系统。

我按照徐舜寿领导我们设计前几架飞机的传统，派出几名设计人员到部队去了解使用方的需要。可是没有从事过设计工作的工厂人员对此很不理解。经过我力争，终于还是派出了人员。当我将了解来的意见向工厂一位技术负责人汇报时，他简单地认为：叫我们设计，我们便坐下来画图，然后按照我们画出的图纸造出来，你要不要都是它，有什么必要了解意见的？他听说使用方提出了这样那样的要求，竟然不悦地说："他们有意见？他们有意见他们自己去改型，找我们干什么？"实际上他很不愿意工厂承担改型设计的任务，因为不负技术责任地按国外图纸进行简单再生产，是最省力的事。

我曾是负责"歼6"原型机的总体、气动、强度和试飞的主管设计师，根据我对这种飞机原有状态的了解，结合从部队了解到的使用情况，我拟出了7个方面改型设计的"一揽子计划"。我觉得，综合性思维方式在此刻对我的工作极为有用。

我从原来的各个专业组中抽调了几名人员成立方案组，对这7个方面的修改进行总体协调。我们对改型后的飞机外形进行了超音速风洞试验，并对飞机的动力特性进行了缩比模型的空中投放自由飞行的反尾旋动力试验，证明飞机的外形符合设计要求。

我从部队反映的意见中，发现他们对一种已有的教练机的舱盖锁闭系统很不满意。为此我特地对几种飞机的舱盖系统做了调查研究，按照徐舜寿所提倡的"熟读唐诗三百首"（即"综合设计"）的方法，设法对"歼教6"的舱盖系统设计采用"博采众长"的办法，做出能满足部队使用要求的设计。

有一天我在技术大楼的走廊里走过，偶然听到设计部门的舱盖方案组的几个技术人员在发牢骚，舱盖设计应是他们设计组的事，怎么先要由方案组提出设计方案？我听到这种议论之后，便召集舱盖设计组的人员和方案组有关的人员围着图板坐一圈，开了一个讨论会。

我说："你们都抢着要对舱盖设计提出方案。谁有什么方案，提出来一起谈一谈吧。"

不料他们全都沉默。原来他们只是习惯于听指令画图，至于还要什么方案，他们想都没有想过。

我等了很久，见坐在会场里的人们都没有反应，只好说："现在已有飞机上的舱盖系统，是在应急抛盖时用火药引爆开锁的，这是它的优点，紧急时反应迅速。但是部队对它不满，是因为在平时地面操作时舱盖很容易掉下来。另外我告诉你们还有一种设计，在地面绝对不会掉下来，但是在空中应急抛盖时需要用手拨动一个手柄来操作，反应不够迅速。现在我们要设计的系统，要兼有两者的优点，同时避免他们各自的缺点。在应急时应是火药引爆，而平时锁闭很牢靠。要做到这一点，我们来看舱盖系统的组成……"

我说着拿过一张白纸，用铅笔一边画一面解释说，这个系统一共有5个环节，每一个环节应该如此这般，才能使整个系统达到总体效能。我把整个系统讲了一遍，然后问：

"你们有什么意见？"

他们是头一次听到这样讲解一个系统和阐述设计意图，谁也没有再说什么。我说："如果没有意见，那就按这5个环节的分工，谁负责哪一个环节的就画哪一部分的图，在制图期间，加强各部分的协调。现在散会。"

大家都站起来。一位技术人员对我欣然地说："这样一来，这个系统已经设计好了！"

他的意思是说，剩下的只是一些绘图等具体的事项需要在下一步做，但作为"设计"本身，最重要的构思已经通过这次会议完成了。

我也很欣然地感到，他们现在总算有些明白，设计并不是简单地画工程图，更重要的是形成设计思路，并把这个思想化成每个部分的具体要求。

以后"歼教6"的舱盖系统就是这样设计的，性能一直良好，没有发生过其他飞机有过的在地面舱盖掉下来的事情。

工程设计中的创造性思维

“你怎么啦？”人们在办公室的楼梯上见我举着一件东西放在眼前正在上楼，不禁奇怪地问。

飞机在进场着陆时，“歼教6”飞机上坐在后座的教员正前方的视线被前座学员座椅的头靠挡住了，看不见跑道。而为了降低飞机在高速时的波阻，后座的座椅高度不能再提。为此我建议在后座安装一具潜望镜提高后座的视点，叫人从坦克工厂调来一具坦克用的潜望镜。为了体验通过潜望镜观察的感受，我举着它在办公室内到处走动，上楼下楼，还骑自行车举着潜望镜在各种道路上行驶。

经过来来回回的试验，我觉得潜望镜提高视点的作用是明显的，对人的行动也没有带来什么不便。便决定在“歼教6”的后座试装，看试飞员实际飞行操作的反应。

我在工作中感受到，缺少工程设计经验的人员，在具体设计中只会从已有的产品中参考处理办法，碰到难题不知道如何应用原理去解决实际问题。

比如有一次一根承力很小的杆件的通行道路上

出现一个小凸块妨碍它直线通过，设计人员设计了很复杂的摇臂系统才将力传过去。我对他说："你用一根弯杆不就传过去了？"他按此更改了设计，结构大为简洁而功能仍旧保持良好。又有一次一根连接油箱的油管的通路受到阻碍，我说："你用一根弯管就通过去了。"那位设计员很不理解地说："油面水平是必须严格保持的，管子弯了还有这个功能吗？"我说："当然有，这就是初中物理中的'连通器'原理。"但是我用原理来解决技术问题还是让很多人半信半疑，因为别的飞机上没有看到过。最后做了弯管的试验件，跑到几千千米之外的一个试验台上去，将飞机的燃油系统做全尺寸的系统试验。试验结果证实了我们在设计中的一系列设想是正确的。

前去做这个试验的技术员回来后兴高采烈地告诉我说："这次试验最成功的地方，是弯管的性能完全符合要求！从试验台的观察窗可以看到，要它通它就通，需要断的时候它就断！"我听了一笑，祝贺他试验成功，内心却在想，这是当然的事，初中物理就讲清楚了的呀！

我离开这个单位几十年后，遇到当时在一起工作的同事，他们对我印象最深的是我解决设计难题的能力，当别人想不出办法来的时候，好像还是我的"点子"能起作用。

我想，要做一个好设计师，善于总体规划是很重要的，另一方面确实需要具有解决具体问题的能力。如果只是口气很大常作宏观思维，但实际办成的事很少，便流入了浮夸。这有点像一个好的音乐指挥，如果仅仅看到他在演出时手势漂亮、气势宏伟，便以为音乐指挥挥动手势是他的全部本领，那就错了，那只是艰苦排练结果的表象，要做到表面动作漂亮是比较容易的，甚至弱智儿童也能依靠模仿来学会。要知道他驾驭音乐的真正功夫，应该看他与乐队的排练。那时就可以看到他如何对各个声部进行具体的指导，来达到他对音乐的总体要求。同样对一个飞机设计师来说，善于妥善处理日常随时冒出的技术难题，正是显示技术功力的关键。

有些工程人员在解决实际问题时缺乏办法，这与他们在所受的工程教育中对创造性思维的忽视有关。作为科学之根的科学哲学，并不在当时高等教育的基础内容之内。因此，他们对科学往往只知其然不知其所以然。作为科技发展精髓的“创新意识”，在他们的心目中并没有地位。

很多反对创新的人开口闭口强调“科学性”，而他们缺乏的正是科学的预见能力。因此他们夸大创新中的风险，不相信任何未经亲自经历过的事件。他们永远强调“稳扎稳打”，作为处理一切事物的惟一哲学原则。

1977年的春节假期内，我为航空刊物写了一篇《工程设计中的创造性思维》的文章。

有意思的是，当时刊物的主编看了，觉得在过去谈论人的各种思维活动中，似乎并没有“创造性”这一条。为慎重起见，主编特地把这篇稿件送给中国科学院的一位自然辩证法权威审稿。不料这位院士阅稿后发表评论说：“文中没有错误，只有还没有讲够的地方。”此稿才得以发表。又过了20多年，一位编辑告诉我说，他查阅了有关文献，发现在20世纪的后半叶中，我国首次谈论“创造性思维”的文章就是这篇。后来，我又写出了一本《发明与革新》专著，并为《创造性设计》一书撰写“创造性思维”一章。

1970年10月6日下午，阳光灿烂，“歼教6”由工厂试飞站的试飞员进行了首次试飞。凡是参加这个改型设计任务的人都感到十分高兴。

经过几次试飞之后，“歼教6”逐渐加大速度，来到了音速的门口，下一次试飞，我们将叫它突破音障，进入超音速区了。

在设计阶段的风洞试验中，我注意到原型机进入超音速区后，方向安定性明显降低，而“歼教6”在超音速区降低更多。这使得飞机防“落叶飘”的“卡帕”值处于临界状态，仍然在安全的边界线内。但是如果考虑到风洞试验存在一定的误差，那么飞机是否会在超音速时出现“落叶飘”式的左右摇晃，是一种尚不明朗的情况。如果出现，这并不是一种危险的动作，因为飞机在高空，只要减速就可以消除摇晃。但是作为一种超音速教练机，这种摇晃应该在设计上彻底排除掉。

因此我在总体设计中决定，根据风洞试验的结果，可以认为飞机的方向安定性和横侧安定性的导数不需要事先做出改动，以避免不必要的外形改变，可以根据实际试飞结果再做最后裁定。但是如果在试飞中出现“落叶飘”的情况，则需要事前准备好应对的措施。我为“歼教6”提高“防落叶飘”性能设想了7种预备方案，这些方案都可以只经过外场改装就在飞机上实现。经过高速风洞试验，证明这些措施都可以改善飞机的“卡帕”值，在试飞后根据需要再从中选定合适的一种。

对“歼教6”作超音速试飞的是工厂的试飞员吴克明。他曾是新中国生产的第一种苏式喷气式飞机“歼5”的首任试飞员，他完成试飞任务后坐在飞机座舱的照片当时曾在《人民日报》及《人民画报》等多种刊物上广泛刊登，成为一幅著名的文献照片。后来他又长期担任了“歼6”及“歼7”的试飞员。我在处理试飞技术问题时常与他打交道，并邀请他为工厂的技术人员作过试飞问题的技术报告。在他对“歼教6”作超音速试飞前，我向他解释了飞机在超音速后可能出现“落叶飘”摆动的情况，如果出现这种情况只要减速便可以消失，让他心里有数。

吴克明登机起飞了。在高空，他打开飞机的加力燃烧室突破了音障。很快，我们在指挥车的无线电中听到他报告飞机出现摆动。他减速后安全返回。

这时我们知道飞机确实需要调整“卡帕”值了。幸好我们“口袋里”事先就已经准备了可行的方案。首先我们在翼尖安装了两小块增加“机翼下反效应”的小梢翼。经过试飞，果然在超音速下“落叶飘”的现象消失了。但试飞员吴克明反映，飞机起飞时机头有“黏地”的感觉。就是说，起飞时要比正常更多加一点抬头的操纵才能使机头抬起。我理解这是由于机翼有后掠角的缘故，梢翼在后部增加的升力对机头有下沉的影响。如果对一架完全新设计的飞机，这并不是不得了的缺点。但是既然是教练机，它的起飞动作还是应该尽可能地与原型机一致，才会更好地达到教练效果。

所以我们在外场撤除了梢翼，而采用在机身后段增加双复鳍的办法。经过试飞，在大速度下的“落叶飘”现象得以消除，而在其他速度下也没有副作用。“歼教6”就此胜利地闯过了音障，飞进了超音速区，进入了其他项目的试飞。

1971年10月，我被调离沈阳飞机工厂，转赴上海参加我国首次自行设计的大型喷气运输机“运10”的工作。“歼教6”在刘立德和沈阳工厂的其他人员的工作下继续改型，在飞机上改装了新式的火箭弹射座椅，并由试飞院的试飞英雄王昂做了试飞鉴定。（“文化大革命”后，王昂调任航空工业部担任负责飞机技术的副部长。）

出口国外的“歼教6”

以后“歼教6”生产了600多架，作为我国第一种超音速教练机，培养了上千名歼击机驾驶员，并出口到很多国家。

“文化大革命”过去以后，为了表彰广大技术人员和工人在“歼教6”的设计和改型中付出的艰辛劳动，以及该机对我国空军建设所起的积极作用，于1987年追授“国家科技进步奖”。

这时我已经离开沈阳16年。沈阳工厂的同志不忘过去共同的劳动，竟把我列为该型号获奖“主要完成人”名单中的第一名。为此我很感动，又怀念起在沈阳共同工作的同志们。

我离开该厂30年后，21世纪刚刚来临，沈阳飞机工厂庆祝建厂50周年，我被邀请回沈阳作为贵宾出席庆祝盛典。到了那里，才发现我竟是设计界的唯一代表。在主席台就座以后，我看到在主席台前

从主席台上看大会场，洋溢着庄严而热烈的气氛

排的一位老同志，是50年前代表航空工业局欢迎我们这批青年学生的段子俊同志，半个世纪前那次见面会还是我担任主持呢。他这时已经80多岁，但身体健旺，据说还时常打网球。我连忙上前去问候。我自己也是满头白发，怕他认不出我来，便自报姓名。不料他转身见是我，起身对着我当胸就是一拳，大声说："在你们这一辈中，你是个佼佼者呀！"我想大概因为他接待欢迎过的青年学生中，我是唯一走上飞机设计岗位的吧。

我坐在主席台上，眼前台下飞机工厂上万名职工按方阵坐着，他们一贯训练有素，纪律严明。现在正值厂庆大典，个个全神贯注、神态肃穆，使人不由得对这一支过硬的极富战斗力的队伍涌起一股崇敬之情。一忽儿机群呼啸着从会场上空成群飞过，声

建厂50周年作者已71岁，回到45年前“第一飞机设计室”的旧址，特摄影留念

浪冲击得震天动地、气势恢宏。这些都是这个工厂的产品，是在场这群满脸喜庆的人们的心血结晶！

工厂的代表在大会发言中回顾工厂发展历史，历数该厂曾制造过的各种飞机的型号，其中不少型号，如“歼教1”“歼6”的“优质过关”到“歼7”，还有“歼教6”的研制，我都参加了。我把最美好的年华献给了这些重要的“战役”，为此而感到欣慰。

九

昆仑长江上空的大鹏

雁南飞

1971年9月一个阳光明媚的上午，在小平房里的“歼教6”工段里，我穿着工作服正在工作台前进行日常生产劳动。“大白楼”是这座工厂的厂部办公室，是领导办公的地方。这天来电话叫我去一下。我一路想：会是什么事呢？

在二楼一间办公室，一位女干部跟我谈话，说：“现在国家决定在上海研制一种民用飞机，决定把你调到那里去工作。以后，你就在民用飞机这条线上去发展了。工作等着要开展，你尽快去报到。”

上海到沈阳工厂来调人的事，前一阵已经在工厂里传得沸沸扬扬了。新中国成立以来上海曾支援全国各地建设，各航空工厂都有不少从上海派出的人员。还有原籍是上海，大学毕业后分配到各地航空部门工作的知识分子。因此有了到上海工作的机会，各单位申请回上海的人员排起了长队。但我与上海并无渊源，我的原籍不是上海，也不是从上海的大学毕业。所以，我并没有加入这支请调的队伍。

后来才听说，是上海组建设计队伍方面，知道我在飞机设计中的经历，点名要我去参加工作的。听到对我以后工作的这种安排，我既没有陌生感也没有欣喜，只有即将投身于新战场的兴奋感浸润了我的全身。

20世纪的后半个世纪，大型喷气运输机成为世界航空技术发展的前沿。航空运输带动着经济发展出现了“腾飞”现象，有了“地球村”的提法，并促进了20世纪末“世界经济一体化”的出现。大型喷气飞机的发展在一个国家的政治、经济、军事、科技、工业以及社会等多个方面形成了举足轻重的地位。

现在的人可能认为大型飞机对国防和经济建设的重要性是显而易见的，不大理解当时大型运输机的研制提上日程对中国航空工业为什么是一个重大的转折。我国的航空工业在建立初期偏重于军用飞机，重点放在歼击机上。由于思维惯性，产业发展方针有人制定，但没有人根据情况的发展而与时俱进地修订。因此解放牌汽车一生产便是几十年；在航空界，当“歼6”优质生产过关以后，也有人提出“歼6”万岁的口号，意思是说可以生产一万年。

20世纪60年代，周恩来总理出访欧洲。中国在与世界多年隔绝之后，第一次看到外面世界空运的发达。当时，我国尚没有喷气式客机，周总理是乘坐租赁的外国航空公司的飞机出访的。外国报纸报道此行时说“中国尚未进入喷气时代”“中国是一只没有翅膀的鹰”。大型飞机的研制任务于1970年8月由国家下达文件。按照当时国家重大工程的编号办法，这项工程曾被称为“708工程”，指国家文件下达的时间是1970年8月份，以后该机被命名为“运10”。

“运10”研制的地点定在上海，理由是可以得到上海较发达的科研与工业力量的支持。但是上海的航空工业以往的基础却是薄弱的。从历史上追溯，只是在20世纪30年代初，上海的江南造船厂曾制造过双翼的

到上海后第四年（1975）

水上飞机。新中国成立之后，由于上海是沿海城市，不是发展航空工业的重点地区，只有飞机修理工业。

为了“运10”的研制，从全国各地调集了航空技术人员组建队伍。来自大约40个不同的单位，300名从各飞机设计所、飞机工厂、航天部门的技术人员以及航空学院的教师齐集上海。

我赶紧收拾行装，书籍很多，装了好几大木箱。沈阳工厂派了一辆卡车将我和这些木箱送往火车站。我的妻子贺亚兮这时还在北京设计院工作，5岁的女儿和她在一起，我刚出生的儿子此刻在湖南我的父母家中，后来贺亚兮也调来上海和我在同一单位，我从湖南接来我一岁的儿子，多年分居的家庭在上海相聚。这时我41岁，第一次有了正常的家庭生活。

大鹏的产房

我幼年时在武汉抬头看到低空飞过的旅客机，形成了飞机在我心目中“天使”的印象。当时我多么急切地想要去接近、去触摸！而现在，我就要投入这类飞机的研制了！

航空发展史上，第一架飞机的发明者莱特兄弟对飞机功能最先想到的就是民用运输。但他们接到的第一份订货单却是一架军用飞机——美国军方订购的一架教练机。不久发生了第一次世界大战，还在襁褓中的飞机，以它还不完善的技术状态被推上了战场。

第一次世界大战刚结束，飞机马上转入民用，形成世界空运事业发展的第一个浪潮。在航空百年发展史中，飞机技术交替地从军事冲突和民用发展中获得进步。二次世界大战固然使飞机技术的提高到了一个新阶段，二战以后民用航空技术的高潮，成为整个20世纪人类社会发展中一个鲜明特征。

我投入航空建设的前20年，主要围绕军用飞机。从第21年参加“运10”飞机设计开始转到了民用飞机的轨道，我继续工作了46年。人类的航空技术本来就交融着军用和民用航空两方面的积累，我个人参加这两类飞机的设计经历，也起了相互支撑的作用。

“运10”工程刚开始时期，工作条件十分艰苦。设计场所不够，设计人员就在工厂的食堂里绘图。快开饭时把图纸收起来，许多大型技术讨论会就在食堂中进行。有的设计组甚至在装运战斗机的空包装箱内工作，人们往往工作到深夜。上海的夏天酷热难耐，可以想象条件的艰苦。机场入夜，蚊虫成群，设计员们不得不用报纸包裹起肘部及腿部继续绘图作业。以后，设计所搬到龙华机场，“借用”已经不用的候机楼，这一借用就借了20年。

我的一家四口，先住在一所卫生学校的宿舍中，后来搬入专门为工程人员建起的一栋宿舍楼，我家住在一间11平方米的小房间里，由于隔壁就是水房，一边的墙上渗漏的水渍斑斑，5岁的女儿得了关节炎。我的岳父母不久因病来上海，岳母的双腿截肢，一家三代6口人挤在这间小屋里，做饭便用煤油炉在室内操作。我晚上则经常伏在木箱上编计算机程序。一次3岁的儿子一屁股坐在滚烫的煤油炉上。晚上打开行军床后就不能转身。在这种条件下，大家仍然一心扑在工作上。

我到上海参加此项工程时，初期担任总体设计组的副组长。总体设计组的组长是一名技校毕业的四级工人。他从不参加技术上的讨论与决定，也不从事任何设计工作，没有对“运10”工程作出任何贡献。到工程的后期，我担任了副总设计师，负责总体设计、气动力分析、计算机和试飞工作。

要当中国航空产品的家

在“运10”开始研制时，世界喷气航空技术已经开始了约15年。我们要为中国的喷气运输机选择合适的式样。我们仿佛打开了强力的探照灯，将世界已有的成就都纳入我们的探究视野之内。

比如对发动机位置的安装，世界已经出现了三种方式。苏联的“图-104”采用的是翼根式，英国的“三叉戟”采用的是尾吊式，美国“波音707”采用的是翼吊式。这三种方式我们在设计过程中都进行了比较。

首先对苏式的翼根布局，我们从技术上分析后，认为不合理而否决了。而对尾吊式和翼吊式，我们都制作了一比一全尺寸样机来比较优劣，都做过风洞试验对比，从中选择适合“运10”任务的翼吊布局。后半个世纪全球航空发展的实践证明，我们为“运10”选择的布局成了世界喷气运输机的主流布局。以后欧洲和苏联的飞机也都采用了这种布局。到了新的21世纪，世界最新出台的大型喷气运输机也仍然采用这种布局。

又比如飞机的翼型，我们把能获得的苏联翼型、欧洲翼型和美国翼型都制造了风洞试验模型，放到风洞中去试验，最后根据试验数据为“运10”选择了最合适的翼型。

在“运10”设计中遵循的，实际上是爱国工程技术人员的先驱詹天佑、茅以升所走过的道路。他们用世界的铁路技术在中国险峻的八达岭上修起京张铁路，用世界的桥梁技术在海潮汹涌的钱塘江上建起大桥。这也是我国飞机设计事业的创建者徐舜寿所一贯提倡的“熟读唐诗三百首，不唯外国机型论”的设计方法，即“博采众长，为我所用”。

良好的起点

“运10”的设计对我来说是难忘的经历。仅它的平尾面积，就比我过去设计的喷气战斗机的机翼面积还要大上5倍。“运10”是我国的飞机设计首次从十吨级向百吨级冲刺的机型。在科学技术上，凡数量差上十倍就称为达到一个量级，事物就会有质的变化。如果说我国过去设计的飞机是一些小艇，那么“运10”就是一艘巨轮。

大飞机并不是小飞机简单地放大，正如同巨轮不是舢板的放大一样，连自然界的大象也不是老鼠形态的放大。尺寸放大以后，会出现称为“尺度效应”的现象，需要重新找到解决的途径。例如长达40多米的翼展，“运10”就不可能再按小飞机一样将机翼设计成为“刚性”机翼，而必须考虑“气动弹性”效应，按“柔性机翼”的原则来设计。许多结构和系统，甚至概念和方法，都提出了许多新的挑战。比如说，小型飞机的机翼上一般有四片辅助翼面（一对副翼，一对襟翼），但“运10”的机翼上的辅助翼面竟然多达50片，每一片都要解决构造问题、功能问题和操作问题。如果没有面对新事物的创新开拓精神，很难完成这种量级的跳跃。

大约15年前，当我还在“第一飞机设计室”的时候，来了一群大学生实习。我给他们专门讲过一次飞机结构的发展。当时我讲的，还是带有“前瞻性”的发展方向，比如整体壁板、蜂窝结构、变厚度蒙皮及整体油箱等。当时这些在小型喷气飞机上的运用并不急迫，但在“运10”飞机上却必须全部用上，不然结构重量会使飞机的有效载重大打折扣。

“运10”飞行中大部分时间在“高亚音速”区域巡航。机翼的设计要在这个速度领域内最有利。这样大吨位的飞机，却必须在通常的喷气机跑道上起降，因此机翼上的增升装置的型式和数量都比小型飞机复杂得多。结构上，机翼内的整体油箱需要装载50多吨燃油，而在此前我国自行设计的飞机上获奖的整体油箱项目的载油量仅为40千克。整个机身是一个密封的客舱，在高空需要承受压差并保证结构的疲劳寿命。

在操纵系统上，如此巨大的尺寸，在过去小型飞机上通用的“硬式操纵”系统不但因杆件过长而不能保证受压稳定，并且在高空由于温差造成的热胀冷缩现象也会使中点偏离中位，因而不得不使用“软式”的钢索操纵系统。

另一方面，虽然“运10”飞机比我以前设计的飞机大了许多，但仍然存在许多相通的东西。一般来说，当出现众多矛盾时，如何保证优先级的问题得到解决的思维方法等，对小飞机和大飞机都是类似的。我在过去一些机型设计中的经验和思考方法，对处理“运10”设计中的问题带来了很大的方便。我在“运10”的设计中一面学习，一面运用自己的所学使原有的知识得到空前未有的扩大和充实。

我刚来上海时许多人并不认识我。我提出了飞机的起落架位置应该向后移动，这样重大的改变一般会引起很大面积的技术返工，会招致许多人反对。但是我召集有关人员共同开会，讲清理由之后，意见很快被听取，飞机的参数相应做了更改。

“运10”是我国第一次按欧美通用的“适航标准”作为设计规范来设计的飞机。这种新领域的设计，需要直接参考大量的国外技术资料，设计所的资料翻译室聘我为兼职翻译，除了分配给我国外资料的翻译任务之外，其他技术人员阅读外文资料弄不懂确切含义时，也来找我解答。这样的附加收益是我在解决别人英语障碍中，了解到了相当广泛的技术知识。为了这些翻译和辅导工作，翻译室特别发给我一本厚厚的英语词典作为“奖励”。

我对大型飞机的设计特点进行了一番探讨，对总体气动研究室全体人员讲解了我的研究结果，并写了一篇总结性的文章。北京管理机关派了一位老专家来上海，组织出版一本专门阐述大型飞机设计特点的书，把我这篇选为第一篇。这位老专家还在总结大会上特地表扬了我这篇文章。到了21世纪初，我国发展民用客机的技术路线明确提出了“以我为自，自主开发”的方针。

1972年的方案会审会议上，我准备了一篇关于总体设计的型式选择论证的全面报告。全国来的专家听了这个报告，通过了“运10”的设计方案。

该会集中了全国知名的一些飞机设计师。我遇见了20世纪50年代初期在沈阳“第一飞机设计室”时共同工作的设计师陆孝彭。我陪同他一起观看了“运10”的木质样机。这样巨大的飞机，以1∶1的尺寸用木头制造出来，摆在当时的厂房内，垂尾的顶端几乎触到厂房顶棚，而翼展伸展开去，真是一个庞然大物。

陆孝彭满怀兴趣地参观了样机，一面和我讨论，一面发着感慨。他说：“这架飞机最大的优点是按国家的正式任务研制的。这是最有力的保证。”他对这一点非常羡慕。

充满创新意识的过程

“运10”工程中，采用的新设计方法、新规范、新技术、新工艺、新材料、新成品附件的幅度，是以前的型号设计中所罕见的。“运10”飞机上出现了许多国产飞机上从未有过的系统和设备。一些过去有过的项目也是原理、概念大不相同。这些出自型号特点而提出来的需要，通过这支生气勃勃的、求实求新的技术队伍不懈的努力，终于迈过了一个又一个的门槛，使需要与可能得到良好的结合，使我国飞机设计的能力进入到一个新的境界。

“运10”的各个环节充满了创新。比如系统试验室为模拟飞机在空中的各种姿态，设计了一种用三点支持全尺寸的机翼的万向支撑，就是一个很有创意的设计，受到航空航天工业部何文治副部长的高度赞扬。

总体组经常需要处理各式各样的事，不论问题大小，都要想出解决办法。一次负责设计外形的女工程师问我：“一块蒙皮的形状到后方要与气流相切，应该怎样设计？”我说：“就用三角正切函数的数学规律好了，因为正切规律在数学上是光滑的，而到直角时数值等于无穷大，正好与气流方向相切。”她听后想了想，点点头就这样设计了。

我以前没有处理过同样问题，也没有在书籍或资料上读到过这个问题的处理方法，但飞行证明这部分的设计情况良好。后来我在总结中谈到我灵机一动解决这个问题的经过，有一位循规蹈矩的工程技术人员指出我“用词不当”：“严肃的飞机设计问题应该总是经过严密推导才能解决的，怎么可以灵机一动呢？”

我觉得这正是很多不懂得创新思维规律的人常有的观点，他们认为每一步都应该遵循先人踏出来的路走。事实上人们在解决问题的时候，常常需要调动大

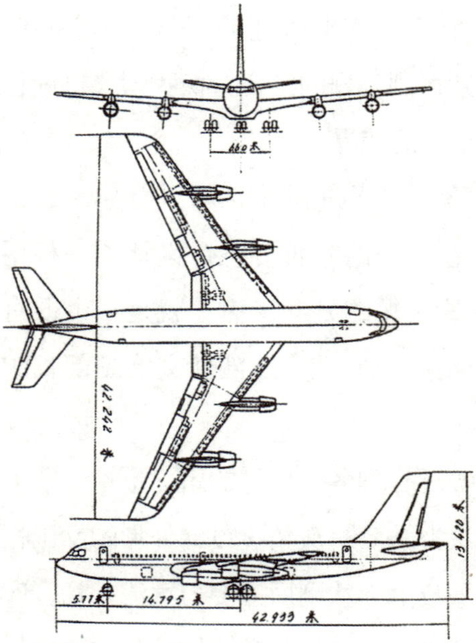

“运10”飞机的三面图

脑内埋藏的各种信息，并进行特定的综合拼装才能找到途径。创新意念常常是在思维的非逻辑运转下形成的，所以“灵机一动”是发明与革新中经常取得效果的来源之一，需要当事者丰富的知识存储和灵活的处理能力。我后来写了一系列关于“灵感”的成因和思维锻炼的文章，在许多报刊上发表，有几篇在数十年后被收进《20世纪代表性科学小品文》选集中。

在部件技术设计和零件细节设计中，一次在各设计室主任的会议上，我着重谈了重量在飞机设计中的重要性。重量是设计质量的一面镜子，反映设计的优劣，在设计中应该控制重量的增长等。我讲完后，一位与会室主任大声地强烈提出：“这个报告应该向全体设计人员讲，让大家都听到……”

接下来两个星期，我几乎每天都要向一两个设计组的成员重复讲这个报告。很多年后，一位老资格设

作者在作“运10”研制的技术报告

计人员告诉我，他印象最深的是我当时讲到一个比喻，“飞机上多余的重量并不像一堆煤一样堆在某地，只要把它铲掉就完事了的，而是隐藏在飞机各处，需要精心工作去把它们挖掘出来……”

我自己倒不记得这句话了。当时我们下到每一个设计组去帮助他们具体减重，控制设计过程中重量的增长，并建立了一种重量通报，每周印发向全所通报重量工作进展的情况。

在“运10”研制过程中，我们运用计算机开发出138个应用程序。我自己也编写了不少计算机程序，使“运10”首次在我国飞机型号设计中大面积使用计算机辅助设计。此外我对工程设计中用电子计算优化方法进行了研究和开发。中国科学院的数学研究所派一个小组来调研我的工作进展，我提了几条意见他们认为很有启发。国防工业系统也派人来了解我的工作进展，特邀我参加在烟台召开的专门会议，在会上特地给我四倍常规发言的时间来讲述我们在飞机设计中运用优化方法的结果和体会。

我开发出的这种程序，被用在尾旋多元方程上，计算结果与价值昂贵周期冗长的试验很接近；也用在飞机水面迫降的水线计算上，用其他方法几乎无法计算。我还将这种办法用在以我为主进行的“大型飞机水系统调整重心的方法”上，在百吨以上的飞机上实际试飞时，用水系统达到灵活准确调整全机重心的目的。当时我就乘坐在飞机上，在水系统成排的水桶架旁，按照计算机的计算结果调整着水量和全机重心。

1977年11月，我参加了在万人体育馆举行的上海第一机电工业局科学技术大会。我写的《计算机辅助飞机设计》（上、下册）专著被裹上红绸送上主席台作为单位的献礼。

紧接着，我又参加了上海市的科学大会。1978年3月，全国科学大会在北京召开，我主持的“水系统调整重心的试飞方法”获得了全国科学大会奖。

翱翔在祖国领空

自从任务下达的1970年8月以来，全国多少人付出了十年辛劳。1980年9月，“运10”飞机完成了一切试验及地面准备。这时何文治新任航空航天工业部副部长，上任的第一个任务，就是带领一大批全国各地的航空专家来上海，对“运10”进行首飞前的技术审查。

专家们连续几天听了我们汇报设计过程及技术准备情况，观察了现场，检查了飞机，对我们的陈述基本表示满意，只提出一项补充试验，就是发动机的灭火系统。因飞机上管道长度太长，过去只分段做过通气试验，专家们认为全系统在飞机上安装完毕之后，应该再做一次贯通的试验。试验时我在现场。这是航空部审查组特意指出需要补充的试验，所以现场很郑重，到场的各方面人员很多。但实际的试验只在“接通！”一声令下，“扑哧”一声就完成了，前后只有2～3秒钟。

何文治副部长在审查结论会上说：“来上海前，听到关于这架飞机的种种传说，感到主持试飞的任务

“运10”雄姿

不好办。但是来了以后，实际看到的情况，与我以前听到的完全不同。在你们工作的基础上，我可以签字，同意试飞。”

原来以前对“运10”在技术上的种种意见，主要来自航空工业内长期仿制外国飞机的人员。他们关心的角度集中在试制的工艺装备是否齐备，因为这是仿制现成的机型所遇到的主要问题。但研制一种新的型号时，主要问题应该注意设计思维是否健康，设计试验是否足够。而试制的工艺装备则允许比成批生产时做很大程度的简化。何文治本人在20世纪50年代亲自参加过我国早期一些新型号飞机的研制，因此他能够掌握问题的主要方面，对一些不得要领的，或单纯出自情绪上的抵触而提出的批评，能够做出正确的判断。

1980年9月26日，我们清晨从上海市南面龙华机场附近的居住地坐车来到北郊的大场机场，穿过整个上海市。到达机场时，阳光尚未升起。广阔的机场上，真是万人空巷。这时朝霞满天，巨大的机库的大门被推开了。机库里似乎还盛着昨夜的清凉，光线模糊。首先是一个小甲虫似的牵引车从库内缓缓开出，出现在门外的霞光里。慢慢地，在它身后5米，显出了“运10”巨大的流线型机头。接着，驾驶舱的前风挡玻璃出来了，像大睁着惊奇的眼睛探望着外面的世界！

“运10”庞大的身躯逐渐显现出来。啊呀，它是如此巨大！

这架中国历史上造出的最大的飞机，把厂房门撑得满满的，像是从隧道里开出一列列车似的。牵引车拉着飞机徐徐转了一个90度的大弯，飞机像T台上的服装模特儿一样展示各个角度的优美线条，绽放着它新喷过漆的闪亮色彩。高大的机尾上喷上了巨大的五星红旗和红色的“Y-10”徽号，像电影中的摇镜头一样展现在万众面前。

这种景象，真让人心潮澎湃。设计人员几年来为它日夜冥思苦想，在每一点上争辩衡量。在每一根曲线上倾注着深情，在每一个细节上反复试验，现在把它交给了喷火的气流、呼啸的疾风、密如蛛网的电子线路，如今供试飞组用音乐家的手在天空奏响，用美术家的笔去到云端勾画。

这时，天边刚露出一抹红霞。不一会儿，一轮红日喷薄而出。机场平行于跑道的滑行道上，人头攒动。更多的没有进入机场的工人，则站在跑道边飞机工厂高大的厂房的顶棚上，看似南方的山峦上长着的许多树丛一般。他们要目睹自己产品的升空。一座厂房的高层有人推开一扇玻璃窗，映着初起的阳光明亮地一闪。

现场的上万人群，都为“运10”是否真能飞起来感到紧张。临跑道的一侧，摆上了几排座椅。一群白发佝偻的老工人和一位老工程师坐在那里。那老工程师身上挂着从体内接出盛体液的瓶子，他在大手术之后拒绝了继续休养的安排，要求尽快返回试制第一线，把手术刀下夺回来的有限生命献给这架飞机。终于他熬到了这一天，执意要亲自来观看“运10”的首次飞行。

前面是一条为“运10”试飞新翻修的跑道。人们觉得分明看到了20世纪初，仅70多年前我国航空先驱冯如开创的那条通天的路。我今天还无法平静地叙述参加“运10”试飞盛典时的感受。我只能说，能亲自将依靠本国的力量创造出的有史以来的最大飞机送上天空，真是一种难忘的体验。

远望“运10”

当时在胸中充盈的是一种使命感。

试飞机长王金大，是民航局的第一批机长。他曾经驾驶过很多运输机机型，包括苏式螺旋桨推进的和美式的喷气客机，并曾上百次飞行在最艰难的进藏航线上。他在“运10”工程的早期就由民航局派来参与此项工程，并参加了许多重要技术问题的讨论，与许多工程技术人员成了朋友。他把担任我国第一架自行研制的大型喷气飞机“运10”的试飞员当作一生最光荣的任务。

他胜利完成了试飞，驾驶“运10”在机场轻盈地着陆了，打开机翼上的减升板和发动机的反推力，如此巨大的飞机竟在很短的距离内停止了前冲。机组在锣鼓和鲜花的簇拥下将飞机驶回出发地停机坪，在万众欢腾中步下了机梯，个个满脸笑容有如晨光般灿烂。

我私下问机长王金大首次飞“运10”的感受，他悄悄对我说：“就像大个子打篮球一样。”我一时没有明白他的意思，他解释说：“一般大个子行动好像欠灵活，但是你看篮球比赛的运动员，个个都个子高大，但他们在场上穿插、腾挪、跳跃、拦截、过人、传球、投篮却是多么机动灵活！‘运10’在空中，就像篮球场上的运动员那样，这么大一架飞机，飞行起来却是生龙活虎！”

但是在正式的飞行汇报会议上，面对镜头及众多期待的目光，他不能说“大个子打篮球”的比喻，而用了比较正式的评语：“飞机的操纵——得心应手！”

以后，“运10”除了进行常规试飞的一些项目以外，还对国内一些城市进行了适应性航线试飞，曾从我国东部的上海起飞，越过泰山之巅，直飞北京。北京机关、部队及各方面人士约9000人观看了“运10”的飞行表演，并列队进入机舱参观。

接着，“运10”从上海出发，飞过东海海域、黄海海域、越过长白

飞行中的“运10”

山、兴安岭，直达东北的哈尔滨，以观察“运10”对我国北部严寒地区的适应性。

“运10”又向南越过南岭和珠江，到达广州。此行顺带运送了海关14吨货物。然后向西飞到昆明高原机场。在昆明巧遇百年未遇的大雪，“运10”在南方城市遇到这样罕见的瑞雪，也是可遇而不可求的巧事。而高原与大雪并未对“运10”造成任何有害影响。

由上海直飞西北的新疆乌鲁木齐，是我国东西向最长的航线，航程3360千米。“运10”以全重起飞，满载新闻界的记者，在飞机上举行了记者招待会，翼下掠过长江、黄河、太湖、青海湖和河西走廊，以及大戈壁、秦岭、祁连山、昆仑山。

我乘坐这架装有四台喷气发动机的大型客机从长江尾的上海直飞长江头的成都，又顺流而下飞

作者与试飞中的“运10”

作者和机长王金大在试航拉萨途中

回上海。坐上自己参加设计的大鹏俯瞰祖国壮丽的山河，真令人浮想联翩。即便是幼年的梦幻，也没有梦到景象是如此辉煌，心情感到如此舒畅。这架飞机是全国航空人共同的智慧和辛勤劳动的结晶，张扬着中华民族的创造力，虽背负着长期屈辱的历史，但被奋发的热烈期望所托举，高高飞翔在富饶的祖国山川河流之上。从舷窗看出去，景色十分壮观，江南水乡、江汉平原、三峡奇峰、巴蜀云雾在翼下缓缓掠过，宛如纵览亿万年地质的变迁，展示着民族繁衍生息的辉煌文化。

壮哉此景！

在昆仑上空飞翔的这只大鹏，粉碎了倨傲的外国记者的讽刺——“中国是一只没有翅膀的鹰”，代表了腾飞的中国的气势。

1984年10月1日，在新中国成立35周年的国庆游

“运10”在喜马拉雅山麓的拉萨贡嘎机场

行中，“运10”飞机巨大的模型通过天安门广场，雄伟的景象通过电视传送到了全国和世界各地，载入了史册。

紧接着，该机从成都试飞西藏拉萨。这是一条过去被称为“空中禁区”“死亡航线”的世界最艰难的航线。飞机飞越了积雪凝冰的大雪山、唐古拉山，飞越金沙江、澜沧江，雅鲁藏布江，飞抵海拔3540米的拉萨贡嘎机场。该机按国务院命令执行救灾特别运输任务，七次进藏，成为在20世纪内唯一飞越“世界屋脊”的中国自行设计的飞机，为阳光明媚的喜马拉雅山增添了光彩。

这不禁使人想到：近百年来受到外敌欺凌的勤劳智慧的中国人民，在科技上更是受尽忽视和轻蔑，但经过顽强的攀登，脚踏着荆棘丛生、坚岩积雪的山路，穿过浓烟烈火的熏烤，终于来到地球上最接近太阳的高地，享受着蓝天白云的开阔。

如果展开一张我国的地图，将“运10”以华东的上海为起点所飞过的这些航线在地图上画出来，就可以看到“运10”飞过的航迹是一张大网，几乎覆盖了我国版图内所有大山和大江、高原和平地、荒漠和沃土、湖泊和领海。

至20世纪末，中国的航空产业、中国的空军以及民航运输业，都成为世界上不可轻侮的力量。我能亲历这个过程，感到生命的充实和荣幸。

成就与反响

“运10”的起飞重量为110吨。飞机的总重，一般是判定飞机总体技术规模的指标。“运10”达到的规模，约比另一我国完全自主设计的飞机“运12”大20倍。

在“更高、更快、更远”的飞行性能上，“运10”做出了我国20世纪内研制过的民用飞机从未有过的超越。最大速度大于0.8马赫，远远超过其他国产民用飞机。飞行高度实用升限超过12000米，最大航程大于8000千米，可以从北京直飞欧洲和非洲。任何其他国产飞机，仅在落后的外国原型机的基础上做渐进的演变，是无论如何都不能达到“运10”突出的飞行性能的，不能完成它所能执行的飞行任务。

如此巨大的飞机，却具有出色的起飞和着陆性能，可以在通常的喷气飞机机场起降。

“运10”在1980年首飞成功后，当年11月28日，英国路透社电讯评价说：“在拥有了这种高度复杂的技术之后，我们再也不能把中国视为一个落后的国家了。”

美国波音公司总裁对中国设计人员说："你们毕业了，我们只不过比你们早毕业几年。"波音公司的副总裁在美国《航空与航天周刊》上撰文写道："'运10'不是波音707的翻版，更确切地说，它是该国发展其设计制造运输机能力的十年之久的锻炼成果。"

我在上海会见美国麦道公司总裁时，他了解"运10"状态后对我说了一声："干得好！"该公司副总裁则在我们接待他的会议上发言说："'运10'将中国民用飞机设计水平推进了15年。"

我接待了美国驻华大使馆的空军武官，他本人有在波音707上飞行2000小时的纪录。他对我说：

"运10"起飞

“凡是熟悉波音飞机的人，站在‘运10’飞机舱门前看一眼就可以明白，‘运10’不是波音飞机的复制品，机翼构型明显是不同的。”

一位美籍华裔航空工程学程教授，是美国普林斯顿大学的教授，美国总统科学顾问。我在上海第一次见到他时还曾有过一段小冲突。当时“运10”尚未试飞，工程对外还没有公开。我是作为他在上海讲学的主持人，并有时为他翻译他不了解的中文航空术语。他在演讲中再三说中国不能设计大型喷气飞机，不能驾驭这样的大型工程。我便从学术上讲了我的不同看法。我认为中国在飞机设计上已经有很多实践，在理论上也对航空学的进展有很好的研究。晚上宴会招待他，他一见到我，还冲到我面前来继续与我辩论。

两年后，“运10”已经进入了试飞，并且已经由媒体向世界报道过了。他再次访华时，提出要参观“运10”飞机，这次仍是我接待他。他每次回国在各个城市都要会见很多人，我不知道他是否还记得我。

我不动声色地带领他参观了飞机，回答了他满怀兴趣提出的一些技术上的问题。最后在接待室快要告别时，我对他委婉地说：“程教授每次回国来总是会见到诸多方面的人士，程教授今天对‘运10’的情况已经有所了解，外界对‘运10’还常常有些误传，请程教授在合适的场合根据实际情况对这些误传作些澄清。”

不料他听到这话，激动地站起身来大声说：“我宣布从现在起，我以前关于中国不能设计大型喷气飞机的话全部作废！我不知道中国已经进行了这样大的工程，并且取得了这样的成就。这是一个很好的开端，我希望你们从这个起点很好地走下去！”

看来他并没有忘记两年前与我的争论，并且在看到“运10”的实证之后，鲜明而果断地宣布改变自已原来的看法。这种明朗爽快，倒真体现出一种科学家的精神。

“运10”试飞的消息已在各种国内报刊上发表，引起世界震动后，美籍华人航空结构专家牛春匀访华，当时也是我接待了他。他提出想要参观“运10”飞机。我告诉他说，他的回程日期已定，如果要参观“运10”，那么原定要去苏州、杭州的安排就不能实现了。他说：“那我宁肯参观‘运10’。”

我陪同他参观“运10”之后，在会议室对他说：“牛先生这次回国，因为时间关系，原定去苏杭的计划没有实现，我们表示遗憾。”不料他即刻非常激动地说：“看到中国研制的‘运10’飞机，是我这次回国的最大收获，比什么人间天堂都强！

令外宾们折服的“运10”

我深感荣幸！”

韩国航空科学代表团十位成员，全部为美国博士。接待他们的时候，有一位朝鲜族的翻译在场。当他们问到关于“运10”的问题时，那位朝鲜族翻译说：“关于‘运10’，程教授最清楚了，就请程教授直接回答吧。”我问：“我可以讲英语吗？”这些韩国博士们都点点头。于是我用英语讲起来。我讲完后他们都点头表示满意，但没有一个人用英语与我对话。散会后在等电梯的时候，有一位成员走到我面前用英语问：“你也是从美国学习回来的吧？”他大概是从我的解说中听到了他们熟悉的美国口音。我说：“不是，我是从清华大学毕业的。”他连忙说：“啊，中国的MIT（麻省理工学院）。”

我带他们来到“运10”面前，站在巨大的机翼下面查看机翼的下表面及强壮的起落架。有一个成员突然跑到我跟前，伸手向上指了指，用英语说：“你们有了‘运10’，还怕什么波音麦道！”

1993年3月，台湾航空界十位教授访问上海飞机研究所，由我接待。事后他们提出要拍一张集体照。我们便来到会议室外。手执照相机的一位教授左右看了看，说：“这里没有一块‘上海飞机研究所’的铭牌……”他们领队的是一位原来美国大学的航空教授，拉着我站在队伍中说：“不要紧，照片里有‘运10’飞机的设计师，便什么纪念意义都有了！”

“运10”飞机试飞期间，新加坡、东南亚和我国香港地区各种报纸频繁报道消息，为中国的喷气运输机胜利试飞大声欢呼。欧美报刊也发表新闻及评述，高度评价中国研制“运10”的成就。

美国《航空航天周刊》发表美国国家航空航天局访华团考察中国航空技术的报告中，将“运10”列为当时中国与国际航空技术接轨的唯一工程。

这些是外界新闻报道和来访宾客反应中沧海之一粟，只是我个人接触中的一部分，但已经说明我国自主研制有完全知识产权的“运10”飞机激起了巨大的反响，成为20世纪我国航空产业的一个突出事件。

十

虚拟空间里的山峰

我在大学学习的时候，工学院的学生都向往有一把好算尺，就像剑客想有一柄好剑，琴师要拥有一把好琴一样。当时最上品的是美国的GE算尺，只有家境殷实的学生才买得起。刚解放不久，学校向工学院学生提供一种简易算尺，是用照相术把GE算尺拍下来，把照片贴在竹片上来凑合使用的。这种仿造的算尺每把售价7.5千克小米（按实物价格），我当时就使用这种算尺。

不要认为使用算尺进行设计很原始，在20世纪六七十年代以前出现的、今天还在世界各地存在的很多工程，包括著名的桥梁大厦、高性能军用飞机及大型运输机等，其中不少就是用这种方法设计出来的。

20世纪50年代我设计最初几架飞机的时候，出现在现场时胸前口袋插着一支粗写笔、一支细写笔，还有一把短算尺。现场遇到问题，便掏出算尺来拉几下，即时回答处理的意见。

60年代末，中国推广优选法。我初步接触这种方法之后，引起了我极大的好奇和热情。我到图书馆去找“试验设计”等应用数学的书来看，很奇怪在有了科学而有效的方法之后，为什么一般设计工作中却很少有人应用，甚至很多人不知道这方面的研究成果。

60年代中国开始有了电子计算机。当时使用还很不普及。我所在的沈阳，有了市一级的“计算机中心”，装备了初期的电子计算机。我阅读电子计算机的英文书籍（当时还没有计算机中文书籍）之后，觉得用计算机来计算飞机的爬升性能会很有用。我绘出了详细的计算流程图，去请计算中心的人协助计算。但是当时被我碰到的计算工作者，对于用先进的计算设备来解决科技发展的大问题并不感兴趣，反而持多一事不如少一事的态度。而我自己不懂编程，败下阵来，心里感到很窝火，但也无可奈何。

在计算机内塞进山峰和天空

20世纪70年代初我到了上海。飞机研究所推广计算机技术，由大学的老师来讲“算法语言”。我抽时间去“旁听”这组课。

一听之下，真给我带来分外的喜悦。我觉得摆弄算法语言的七种标准用句，就可以用不同组合来形成复杂得不可思议的计算链，简直使我感到有如在眼前打开一扇门似的兴奋。

使用算法语句编写复杂的程序，是一种极富挑战的脑力运作。当要求听课的人员每人试拟几个题上机试算的时候，不少人只将一个常规的算式用算法语言表达出来，然后用计算机去算出一个早已知道的结果，觉得自己总算学会了一种操作。

我却想要用试算的两道题试一试计算机的能力。第一道是输进去两架飞机的性能，让它们在计算机内自行格斗空战。每一架飞机要根据另一架飞机的位置，自行判断应该采取什么相应的动作。然后两机连续格斗形成空间三维的空战轨迹。第二道题是输进一架新飞机的性能要求，由计算机自动尝试飞机各种设计参数的组合，最后输出最优的参数值来。就是说，我在计算机内塞进了空战的天空和优化的山峰。

当时国内对这类计算并没有实际的算法。我拟的这两道试算题都并不很长。但输进计算机以后，神了！计算机输出的数据，说明两架飞机真的凶猛地格斗起来，互不相让，好一派杀气腾腾！而第二道试题，计算机勤奋地做着各种设计参数的组合，最后打印出参数的最优组合，总共只花去几十秒钟时间。

后来我才知道，我“旁听”后试算的两个试题，都是我国第一次这样使用计算机。这两个简短的程序，是同类程序在我国首次出现。

我在编制这两个程序时，使用的是软件工程“方法论”中的一种“快速原型法”。它的要点是首先使软件能够整体运转起来，而不在开始时去追求每一个局部的完善。在它能够运转的基础上，再不断去完善其局部，而软件整体从一开始便是已经能够

设计优化就是由计算机自动寻路登上目标面的顶峰

工作的。以后我组织一批技术人员将最初完成的简化的优化软件扩大了一百倍，获得了科技进步奖，但是这个程序从第一天就是可以运转的，能够自动执行优化功能的。我知道有的单位在编制类似软件时，采用的是一开始便追求每一个环节充分完善的理想化方法，但是他们辛勤工作了10年，程序不断扩大，却始终没有获得自动优化的功能。

我后来写文章推广这种“快速原型法”。我说，机械论者只承认量的积累，而看不到事物会有跨越式的发展，有时也只有跨越才能发展。比如修桥，常规的桥都是一个一个桥墩向前修，直到对岸。但是遇到在高山深涧上修桥的情况，就没有办法逐步向对岸渐进，采用的方法是首先向对岸射去一支箭，由箭带过去一根细线。就是说，首先争取到达对岸，哪怕到达彼岸的只是一根线，而不是桥。有了细线，便可以拉过去一根粗线，然后可以进一步拉过去细绳和粗绳，直至钢索和铁链，这样把桥修起来。这就是跨越式发展，是首先达到了主要的目标，然后在实践中不断完善的发展方式。

直到2003年，当我已经73岁，被邀请到好几个城市对我国的高科技课题进行评审的时候，我在会上结合所评审的项目仍在讲解科技事业发展中的这种“快速原型法”，谈这些事不宜于一开始就求全责备，而应该首先强调完成最主要的任务，特别对一些带有跨越性质的新事物更是如此。比如百年前莱特兄弟研制第一架飞机的时候，他们首先飞起来的飞机是不完善的，连发动机也没有，只是一架滑翔机。但是他们用这架滑翔机飞起来了，飞了许多次，掌握了驾驶技巧，首先达到了“飞起来”的目标。后来他们给这架滑翔机装上发动机，便成了第一架飞机。而有些人，比如美国的马克辛设计的飞机，一开始就很完善，很庞大，功率强劲，但一飞就坏了，始终未能进入飞行的境界。

我还讲到美国第一次超音速飞行，用的是一架不完备的飞机，这架飞机是用钢板焊接的试验机“X-1”，连长时间工作的发动机也没有，装的是火箭动力，而且不能自己起飞，是由母机带到空中去投放的。但是“X-1”完成了最主要的任务——突破了音障，人类第一次飞到了超音速。以后正式设计超音速战斗机就好办了，有了正规的结构和动力，可以派上正规的用途了。

我也提到了20多年前我编写我国第一个参数优化程序的时候，第一个“快速达到目的”的简化程序只写了一张纸，但是它在国内首先具有了可以进行优化循环的功能，成为以后扩大一百倍的基础，而另有人用“一步一个脚印”的办法做了十年还没有达到最基本功能。

当我讲话的时候，我注意到会场上一些科技界正当年的“后起之秀”，一面听一面手中很快在记。更有人会后特地前来向我表示感谢，说这个讲话“很有见地，从中获益匪浅”。

爬山遇悬崖：好事还是坏事？

在一次航空部门的全国计算机应用交流会议上，我以“双机格斗”程序作了一次论文报告。空军学院要求我为他们计算几种飞机的格斗性能，我算完后把结果寄给了他们。后来，由于我的主要工作已经投入民用飞机设计，就没有再研究双机格斗的程序。

而第二个参数优化程序，我根据自己的体会，写了5篇介绍这种方法的论文，在刘永培主编的那个航空杂志上作为“讲座连载”发表了。当时处在“文革”末期。在“文革”动乱中，我继续追踪航空技术发展和写稿。当时写稿没有稿费，完全是义务的，并且为了防止被别人以莫须有的罪名滥加批判，我一直使用笔名发表技术文章。所以，当时钻研技术确实是“既无名又无利”，而且冒着风险的。

但是当我写成“总体参数优化”的连载文章之后，我感觉到在飞机总体设计中采用计算机自动优化的方法，在某种程度是对传统的飞机设计方法的一种革命性的进步。介绍这样重要的方法，我不宜再匿名，便使用了真名。这是在我国首次介绍这样应用计算机的文章。编辑部给我转来一个单位盖有公章的函中写道：刚读到这篇连载文章，以前没有注意到国内还有这样好的刊物，特要求编辑部提供若干套载有该文的期刊，并要求补订该刊。

不久，我被派往北京参加一种新飞机的方案讨论会议。许多国内飞机设计部门的著名人士和航空高等院校的教师都来了。我刚发表的那个讲座在飞机设计界引起了普遍的关注，会议邀请我就这种方法作专题讲课。

参加会议的北京有关人士听到讲课后，向自己的单位传播了这一消息。紧接着，北京航空管理部门的飞机局和技术信息研究部门分别邀请我去作了专题讲座。我还受到北京航空航天大学邀请，向飞机和发动机系的教师作专题报告。

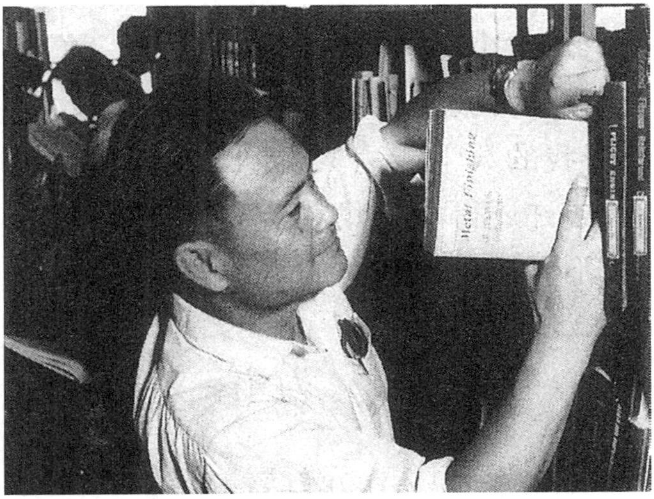

研究优化设计时的工作照

不久，近20年前与我在沈阳一同工作过的管德来上海出差。我与他很久不见了，他后来成为专攻航空颤震问题的工程院院士。他大概读到了我在航空刊物上介绍参数做强化方法的文章，因此见到我时惊奇地问道：“你从哪里学的那么多数学？”可是，我参加工作以后，并没有机会接受过任何进修或培训。我所有的新知识，包括航空知识和数学知识，全是自学得来的。

1979年10月，南京航空航天大学举行20周年校庆，邀我作为嘉宾参加，在大会上作科学报告，并对设计专业的教师们作“参数优化方法”的讲座。后来，该校的飞机和直升机设计推行参数优化方法，在学术上获得很大成就，学校派人给我送来纪念品以表示对我在该校最早介绍优化方法的感谢。西北工业大学则直接使用我编写的《计算机辅助飞机设计》（上、下册）作为研究生教材达20余年。

按理说，我的工作岗位是设计出具体的飞机，至于设计方法本身的研究，应该由航空大学的教授和理论工作者去做。但是，用计算机优化来自动探寻飞机方案最优参数组合的这个任务，却由我来完成了。这也许得益于我的外文阅读能力，使我关心着世界航空技术的最新进展；也许得益于我的数学能力，所以我能自行推演出必要的数学运算并加以编程；或许还得益于我对新事物怀着浓厚的兴趣，有着一股穷追猛打、直至亲自将其实现的犟劲吧！

为论文辩护

计算机在做优化计算时，操作台上闪烁着红绿灯，那是在一座陡峭的山峰上勤勉地爬山，力图增加高度登上目标面的高峰。

这是一座在虚拟的空间里高耸的山峰。山体的形状，由于航空技术多种因素的复杂关系而显得很奇特怪异。现在的目标，是要从底部曲折地爬上高峰，就找到了飞机总体参数的最优组合。

作者工作照

在国内，我是首先在飞机设计上摸索编制这种优化的计算机软件的。那些日子我的思维高度活跃，总处于兴奋状态。当时我们在工作时间还有工间操的间隙，我是长期坚持做操的少数人之一。但是这时我也不做操了，而是在工间操时间绕我们的设计大楼快步走一圈。大楼的正门外面是一个汽车开上来的弧形坡道。每走到这里，我就会在心中默想："如果我看不到这个坡道的形状，只凭脚下的感觉要登上这个山坡，我应该怎样迈步？如何调整方向？"我迈着大步在坡道上弯弯曲曲地走着。偶然有同事看到我怪异的步伐，奇怪地问我："你在干什么？"我只有一笑，回答说："锻炼身体！"

我设想，在可行区的边缘建一道"悬崖"而不是挖一道沟，就可以同时得到国外通用的两种罚函数的优点，而消除其各自的缺点。我把这种函数命名为"悬崖罚函数"。

我用好几种办法试算了我设想的几何外形的目标面，证明这种函数果然有效。1978年11月，我写成论文投寄《航空学报》，这是"中国航空学会"的会刊，应该算是我国航空界最高学术权威性的刊物了，但不久却被退稿。

正好我因公到北京出差，于是顺便到《航空学报》编辑部去询问一下情况。一位女编辑对我说："你不要问审稿者是谁，这对作者是保密的。但是审稿者认为你提的这种'悬崖'将破坏目标面的连续性，使优化得不到结果。"

审稿者从数学表达式出发对山峰的描述（造成目标面在几何上不连续）是对的。但是不连续的目标面只是对无限短步长的、需要导数的优化法时可能出现麻烦（麻烦只出现在很小概率的悬崖奇点上）。而飞机总体参数优化最常用的是直接法。当采用直接法（而不使用函数的导数时），悬崖并不构成问题。

我不知道审稿者是谁，无法向其申诉，只好向中国航空学会的理事长沈元教授写去一封申辩的信（他曾长期任北京航空学院院长，并且担任航空学会的理事长）。我写道，自从发明微积分，300年来科学技术都以微分方程为工具，因此很讲究数学描述的连续性，因为连续才能可微。但是微积分不能解释突变现象。近年来的“突变论”就特别在数学上表达了世间突变的不连续现象。现寄上科学院的《科学通报》刊载我写的介绍“突变论”的文章。不连续并不可怕。同时寄上我用“不连续”的“悬崖罚函数”对“罗森布拉克检验函数”的试算结果，证明这种罚函数的悬崖特征在用直接优化法时对达到目标面高峰没有障碍。

我对自己创立的罚函数的信心，除来自实算的结果以外，还因为我刚发表的对于“突变论”研究的心得。20世纪70年代中期，“运10”研制工程进入最后冲刺阶段，中国经过20多年的封闭以后首次对外打开大门。当时我约48岁，但是感到突然变年轻了，思想分外活跃。

这时我从国外科学刊物上读到一篇关于“突变论”的文章。这种世界学术界最新推出的学科有两点使我入迷：第一，渐变与突变，本是宇宙万物演变的最基本现象之一，但历来数学只能描绘连续发展的渐变。而突变论却首次对突变现象做出合理的描述和解释；第二，这种学说的数学核心，是指出某些现象的势能方程实际上是多维空间里的一张复杂曲面。我觉得就有如一张带有皱褶的荷叶，某些过程就像荷叶上的一滴露珠，沿叶面流淌。在平滑的区域，水滴的流动轨迹是连续的，但遇到荷叶的皱褶处，水滴就会从叶面突然坠落下来，落在下一层叶面上。这种突然坠落，就造成事物的突变。

这是相当抽象的概念，但是对多维空间里复杂曲面的描述，这种“形象思维”我觉得很容易接受，也让我十分兴奋。于是我到市里的图书馆去查阅了国外几篇有关最新学科的论文，加上我自己的理解，写了一篇关于“突变论”的综述文章，寄给中国科学院的《科学通报》。不久，这篇文章发表在该刊的首篇。当时就有读者写信至编辑部，对该刊发表这样的文章表示感谢。

后来的事却是我没有料到的。“突变论”“信息论”与“系统论”并列，被认为是20世纪后半叶的“三大横断学科”，即可以应用于自然科学和社会科学广泛的领域。而我写的那篇综述文章，竟是国内正面介绍“突变论”的首篇。

经过航空学会理事长沈元教授的干预，我关于“悬崖函数”的论文才得以发表。以后，这种罚函数被航空航天部门及高等院校所用，取得很好的结果。在某种程度上，这项成绩得益于我的形象思维或空间想象能力，这种能力与我受过的绘画训练有关。

1977年12月，我根据自己的体会写了一本《计算机辅助飞机设计》的书，分上、下册。其中有相当的内容是讲目标面的山峰地形。我国的航空技术在20世纪后20年大步“计算机化”的进程中，此书被认为是第一部专著。

以后我除了飞机设计技术工作之外，还负责了计算机中心的技术领导任务。1993年，我60多岁时，接待了台湾航空教授十人访问团，带队的是一位纯白发的老教授，他以前在美国当教授，退休后才受聘返回台湾。由于他的“资深”名望，所以作为代表团的领队。他带领的代表团中的教授全部都是美国留学的，其中有很大比例的人从事计算机技术。

这位带队的白发老教授见到我时，向我提到美国一位知名的华裔吴教授。原来前些年那位吴教授回国访问的时候，我曾在一个座谈会上与他相遇。我们交换了名片，他看到我的名字后当场大叫说：“啊呀，是你呀！我在航空刊物上读过你写的关于飞机设计中使用系统工程方法的文章！”我说：“既然你看过那篇文章，那么请指正吧……”吴教授连忙说："我提到这篇文章，当然就是说我非常赞赏！这次回国来遇见你真是太高兴了。"吴教授回到美国后，立即给我寄来他写的关于系统工程方法的论文，以示交流。

这次带领访问团的白发教授在美国执教时曾听吴教授提到过我。这样一来，我与这位白发教授算是有了共同的熟人，就随便起来。我带领他们参观我们的计算机中心的时候，领队教授见我也是满头白发，便对我说："像我们一辈的航空工程师（指他和我），对计算机不大懂。"我回答他说："是的，我们当时在学校学习时没有这个内容。但是这个计算机中心技术上由我负责。"他听了便没有再说什么。

我指导几个合作者扩大和完善了我原来编定的参数优化程序，该程序成为我国第一个飞机总体参数优化的工具。航空与航天不少部门运用该方法编出的优化程序，都获得了我国航空与航天方面的科技进步奖。该方法被航空航天大学编入教科书。

十二

从太阳岛飞向世界

我永远不会忘记在1985年4月2日这一天，我乘坐“运12”飞机在哈尔滨松花江太阳岛上空盘旋时的感觉。30多年前我来此进行哈尔滨飞机工厂建厂设计时曾在松花江上游过泳。后来东方歌舞团的女歌星郑绪岚唱的一支歌《太阳岛上》风靡全国，使太阳岛变得神州大地尽人皆知。我乘坐在飞机上从空中鸟瞰这座美丽的小岛，故地重游，而这“运12”新飞机是我参与研制的。从舷窗望出去，清楚地看到岛上各处游人点点，彩旗与游人的各色服装鲜艳，真是别有一番喜悦在心头。

“运12”是一架双发、涡桨推进、可以乘坐19人的多用途通用飞机，在民用运输及空中作业上都有广泛的用途。它飞得并不很高，不用气密客舱，速度比喷气航线客机慢一半左右，所以不用后掠机翼。它可以乘坐19名乘客，这是轻型飞机的最大限额，但仍属于通用类飞机的技术范畴。再大一点，就要用大型客机的标准来要求了。与地面的车辆相比，如果说“运10”是一种豪华客车，载客量约为“运12”的十倍，以雄伟大气取胜，那么“运12”就是一种空中面包车，具有小巧精致的特点。它在日常航空活动中有很广泛的使用范围，如在中短航程进行一些少量人员和货物的运输，也可以经过改装用于空中探测、气象及农业飞行等多种飞行服务。

当时“运12”正处在试飞的最后阶段，很快将要通过适航审定，而我是审定技术组的组长。

说起来，在新中国的航空设计史上，军用飞机和民用飞机曾经是比翼齐飞的。

当新中国开始设计自己的第一架飞机“歼教1”喷气式军用飞机后，不久一所航空学院开始设计一架小型民用运输机，这是一种双发的螺旋桨式飞机。一架喷气式、一架螺旋桨式，一架军用、一架民用，几乎平行地进行研制。但喷气式的“歼教1”在1958年9月26日先飞上了天空，开创了中华人民共和国飞机设计事业的纪元。

1982年，国家决定采用进口的涡轮螺旋桨型发动机，在哈尔滨飞机工厂研制“运12”多用途飞机。航空管理部门规定，“运12”的研制必须遵照国际通行的适航标准，并在全国航空界委任了51名适航代表组成适航技术审查组，由我担任组长。

适航标准是怎么回事？原来，民用飞机要在社会上载运广大群众飞行，并不是单纯根据技术需要把它设计成能飞行就完事了，而是应该达到民用飞机在实际使用中积累的安全标准，其中包括一些事故教训中总结出的注意事项。

这些经验汇集了300多条安全标准，其中有在设计上十分重要的问题，如结构强度的安全系数应取多少；也包括一些细节和在过去飞行中积累的、有用的具体经验，如油箱的加油口盖或附近的结构上应该标明飞机可用的燃油的牌号——这显然是为了避免误加入不可用燃油所造成的事故。还有圆形仪表上的安全范围标识刻度如果画在仪表玻璃上，那么仪表玻璃应该在圆形上有缺口，使仪表检修后重新安装玻璃时仍能保证仪表玻璃的位置正确，等等。

不论意义是否重大，技术上的复杂性和难度如何，在安全上都属于同一级，即都属于由国家来控制的最高级。不达到这些要求，国家就不发给民用飞机的“适航证”，飞机就不能正式进入销售或运营的市场。

“运12”适航审定，是我国第一次按国际通行的适航标准设计飞机。如何理解适航标准的规定，如何使设计在技术上达到标准，如何组织工作，如何进行，都需要摸索。这是我国20世纪内有开创性意义的一项民用机型号研制工程。

“运12”研制后期，适航审定工作由航空工业部转到中国民航总局负责。中国民航总局发文同意原航空工业部任命的适航审定技术组继续工作，我作为技术组长又转入由民航总局牵头的“适航审定委员会”。

两种不同的概念

“运12”的适航审定工作，初期曾由北京“航空规范标准研究所”的总工程师负责，全国许多有关单位派人参加。我是上海派去的人员之一。

在此前的大型喷气运输机“运10”的设计中，我已经介入欧美适航标准的翻译和诠释工作十几年，所以形成了一套完整的认识。

我认为国内引进适航标准的概念，不应该在原来从苏联学来的那套概念上修修补补，而需要采用全新的概念和方法。我觉得欧美的要求比较针对客观观察，更加注重系统的“输出”，是一种“目标管理”；而我们原来习惯的那套苏式思维，则比较强调主观上的做法，偏向“过程管理”。拿对巡夜打更人的要求来打个比方，欧美要求此人应该防止夜间的盗窃行为，这是目标管理。而过程管理则仅要求打更人每隔多少时间巡查一次，至于巡查了仍然发生盗窃会怎么样，那就管不着了。我觉得欧美的管理方式对人员的要求更高，管理的效能更突出，而苏式标准更易于对一般素质的人群普及，但容易陷入烦琐，追求细枝末节而模糊了最终的效能。

在适航标准上这两种概念存在严重分歧，每当遇到这种问题我总是据理力争。主持讨论的规范研究所总工程师，在很多问题上都同意我的看法，但是在个别问题上，我觉得他比我更迁就一些传统。

比如说，参加讨论的有一位从事“自由飞模型试验”的专家。我国当时几乎所有的新飞机研制都经过“自由飞模型试验”这一关。但是我指出：适航标准并没有要求每种新飞机必须通过模型试验，而是最后通过试飞来检验飞机本身，这是最终的目标。至于总设计师为了更有把握地使飞机通过飞行考验，是事先做模型试验还是经过分析计算来增强有关人员的信心，

我国第一架按“适航标准”审定的民用飞机“运12”，作者任型号审定委员会技术组组长

那是总设计师的事情，国家颁发的适航标准对此并未做规定。

可是参加讨论的模型试验专家认为，把他负责的试验列为国家规定的项目将对他的工作有很大的推动作用。争论最后提至规范所总工程师裁决的时候，他考虑到事实上我国研制的新飞机都做过这样的试验，把这种试验列为“必做”不会发生什么错误，便对那位试验专家妥协了。对此，我内心颇不满意，认为这位总工程师不够坚持技术原则。（以后我国正式颁布的适航标准取消了这种多余的“必做”规定。）

不久，这位总工程师调任工作，不再负责适航标准审定任务。民用飞机局的主管官员询问他的意见：“由谁来接替这项工作为好？”规范所的总工程师虽然在个别问题上与我有过争执，但据说他这时明确无误地提出我的名字。民机局的主管官员说：“那怎么可以，他在上海工作，怎么把他弄来负责这件事？你再提一个在北京机关工作的候选人。你们规范研究所里有没有合适的人选？”那位即将离任升迁的总工程师说：“没有了，别的人我提不出，要我提就提他，别人我看不行。”

就这样，我在一无所知中被推上了前台。航空部与民航总局联合任命我为技术总负责。于是我在“运12”研制的初期，走上了对该机适航审定的岗位。

这是技术抠门吗？

参加这项任务要管理来自全国许多单位的人员，还要面对哈尔滨的设计人员，我从未与他们共事过，我能让他们按我的意图行事吗？工作中还会遇到一些职位高的人，他们惯于发号施令，我会无意中冒犯他们吗？我能按期完成审定工作，在质量上不降档吗？

从1982年2月到1988年8月，一共六年半的时间，我在上海与哈尔滨之间来回穿梭。这项工作在国内是首次进行，没有人知道应该怎么干。因此我不需要向任何人请示，也不用征求别人意见，而是根据我对规范的了解，针对“运12”的实际情况，做出我自己的判断，我的意见就是最后意见。处理问题时除了对技术的熟悉和对规定条文的理解之外，实质上更多需要的是一种领悟，一种来自飞机设计的经验，从这些出发才能具有洞察力。

当然，如果我的意见很“离谱”或极不合理时，工厂可能会“上诉”要求重新再定，但整个审定过程中没有出现这种情况。

一位当时的青年技术人员，后来在哈尔滨飞机工厂担任了总工程师。他几年后告诉我说，在我第一次到哈尔滨参加审定以前，“运12”的总设计师卢开仁召集全体技术人员会议，在会上曾经宣告说：“我告诉你们，某某人要来了，这可是一个技术上非常严格的人，抠起门来可不得了，谁也别想轻易过关，你们可都得小心啦！”

卢开仁和我在20世纪50年代中可能见过面，但并没有一起共事过，我不知道他怎么会对我有“技术非常抠门”的印象。因此我到了该厂之后，很多年轻技术人员对我产生了一种畏惧心理，在我身后远远地小声地问：“哪一个是那个抠门的人？”我当时50多岁，头发大部分白了。人们在背后遥远地指点说：“那个白头发的就是。”

在技术行业里，“技术抠门”通常指有一定专业水平，但单方面无限要求、思维非常不开通、古板而片面、专认死理的人。这位总工程师对我说，根据以后在“运12”型号飞机工作中与我相处数年的体验，他感到我完全不属于这类人，而是该严格的地方严格，该放松的地方放松，掌握得很有分寸，他对此十分佩服。

听他这样一讲，我不禁回顾在“运12”适航审定中我究竟对一些什么事情发表过意见。

我每次到哈尔滨，不论在大会小会上，在平日交换意见中，在填写审定表格时，还是我告诉人们如何填写审定意见中，我一直在做决定：哪些事该做、哪些事不该做、该做的应如何做、做到什么程度等。每做一个决定，都是对我的一次考试。其中大约85%是纯技术性的，15%与人的不同意见有关。今天我回想起来，印象较深的是在“目标管理”和“过程管理”上处理的分歧。

比如适航标准中有一条，规定发动机上某一种附件，如果没有和发动机一同通过适航审定，则在飞机审定时要做振动试验。从北京权威机关来的一位代表，他的专业背景就是专攻振动的博士，这个问题简直“撞到他的枪口上”。他主张无论如何应该做这项振动试验。由于他代表着权威机关，所以他的发言具有很大分量。

对这个问题我的裁决是：“运12”的发动机是从国外采购的一种成熟的发动机，工厂应立即发电报向供货方询问，“发动机适航时是否包括了该附件在内”。结果收到供货方正式回电，通知说该附件与发动机已经同时通过适航审定，在飞机的适航审定中不需要再对该附件做振动试验。

即便有了这样明确的答复，振动专家还是从专业兴趣出发，认为应该要求工厂再进行振动试验。对这样的问题，我主持联合大会时，要求工厂出示国外来电。工厂人员从档案室取来该电文送到主席台，我即英文宣读了来电，并翻译了来电的含义。

这个问题的实质是：博士关心的是试验的过程，我要求的是达到适航审定的目标。现在目标已经达到了，就没有必要再要求过程。我宣布不需要再做振动试验。

另一个问题，是北京来的一位女技术人员提出的。她的技术经历并不显赫，在会议上发言也没有表现出很高明的见解，只是老老实实按照规定来检查设计图纸。但是她发现按适航标准规定，本应完全独立的两个电路系统，在“运12”上大部分地方都互相分离，但在总开关上却是相连的。她认为，在总开关上相连，就不再是完全独立的两个系统，这点不符合标准，应该纠正。

工厂资深的设计人员看不起她的资历，对她来审查图纸本就有抵触，而她居然提出要求工厂改正某些设计。于是工厂发动很多人来说服我，再三辩解说这样的修改是不必要的，还动员一位从北京来的人员向我私下说情。

我看出来了，如果做了修改，就会伤及一些资深设计员的“面子”，他们的设计缺陷被一个小姑娘看出来了。我可不愿意陷入无原则的争执，只要问题提得对就应该考虑。但是，有时要做到起码的实事求是，需要极大的魄力和坚持。我要求的是独立电路系统的目标，这个问题是谁提出的不过是过程中的一个细节，我决不能因为过程而放弃目标。

遇到这样强大的抵触，我向他们大声争辩说：“你们没有一个人回答过一个问题，如果按意见修改了设计，将损失什么？如果损失很大，得不偿失，自然需要权衡利弊，但是如果没有损失，又很容易实现的改进，你们为什么要坚决拒绝？”

工厂的电气系统设计人员，还在寻找证据来证明自己的设计无误。在下一次开会以前，这部分的负责人走到我的身边，悄声跟我说：“他们决定对开关处的连接采取电路分开的措施，因为他们查了好几架外国飞机，发现国外飞机的线路在开关处果然是分开的。”

他无非表示他们决定遵照国外飞机的先例，而不是根据审查组个别成员的意见。在会前的一霎间来通知我，是为了避免我在会上明确地做出裁决。但是他们同意修改就很好，我便没有再说什么。

在开展一项新工作时，有时需要顶住压力，才能克服因循守旧的作风。1983年12月，航空管理机关通知在山东泰安召开一次适航审定会。会议上工厂的代表提出：他们为“运12”符合适航标准已经做了不少工作，但是达到其中五项规定有困难。他们希望适航审定小组宣布这五项标准对“运12”按“豁免”处理，放工厂一把。他们事先大概征得了有关部门的默许。但我了解了一下这五项的情况后，在会上说：“并不是技术标准达不到，而是你们过去没有做过这方面的工作嘛！按适航标准来审定，意图就是扩大我国民用飞机型号设计的工作范围，提升安全度。这些工作你们还没有做，怎么就要求不做呢？”

我说：“泰安会场外不远就是孔庙。孟子说过‘是不为也，非不能也’。你们要求‘豁免’这些条款，‘是不为也，非不能也’。”

结果泰安会议对适航标准一条也没有放松。

过了一段时间，工厂从哈尔滨特地派来一位技术负责人飞到上海，到我的办公室对我说，“运12”上有一段通过某一区域的电缆，规定应该能够承受高温3分钟。国内没有这样的电缆，工厂便将普通电缆包上一层防火层，放到高温火焰中去烧，但还没到规定时间就烧透了，这一条是否可以“豁免”。

我对他说：“适航标准只规定了应承受的温度和时间，并没有规定你包覆的层数。如果你包上防火层仍然没有达到要求，就再增加一层。哪怕你包裹成一大团，也不违反规定。但是如果你承受的温度和时

乘客登上“运12”飞机

间不够，那可是国家的安全标准管着的。这种安全标准，谁也没有权利随便放松。你们把成功的烧灼试验过程用录像记录下来，将来在审定这一条时放映给代表看，就是通过这一条的根据。”这位技术人员听后连连点头说：“我听明白了，我听明白了。”说完当即返回哈尔滨。

以后，“运12”的这个环节圆满达到了标准。

“运12”进入试飞之后，我到哈尔滨了解试飞情况。得知飞机在试飞中发现动态特性不能满足标准的要求，另外驾驶杆的纵向杆力也超过了标准。按我的理解，适航标准并不要求设计出一架飞机以后，按图纸试制出来，便在每一条上都满足了标准要求。适航标准并不要求一次成功，而是要求如果有不符合标准的地方，便要修改设计，直到飞机的实际表现达到标准为止。因此，一个好的设计师应该像一个有经验的老医生一样，知道什么病该用什么药来治，并且对用药的剂量有良好的感觉，否则就需要多次调整剂量。

我说，比如现在飞机的动态特性问题，应该调整机翼的上反角，一般调整一度左右就解决了。而纵向杆力问题，则需要调整升降舵的补偿面积。如果一时无法确定需要调整多少，则第一次可以多调整一些，使效果一下跳到对面，下一次取中间值，这样可以较快地逼近真正需要的值。

“运12”调整了上反角和升降舵补偿面积之后（前者一次到位，后者共调整了两次），问题得到了圆满解决。我再到哈尔滨时，正逢该厂邀请美国资深的试飞员底斯来做试飞鉴定。底斯8年前第一次访华在北京做技术交流的时候，是由我给他的讲课作翻译。这次他很高兴再次遇见我，要求我给他在大会上的鉴定发言作翻译。底斯在他的鉴定发言中高度评价“运12”，说是他近年来飞过的在空中表现得最好的一架通用飞机。

之后在哈尔滨进行对“运12”的最后审查，航空工业部和中国民航总局都派了重要的技术干部来参加。他们连续几天参加我们的会议，亲眼看到我们对每一个问题是如何讨论和解决的。我们的会议与过去航空部门很多会议有很大不同，就是我们并不偏重“务虚”，并不是以协调各方面的“意图”为主要任务，而是“务实”地具体落实适航标准中的每一条技术要求。

比如说，适航审定主要针对机型的“设计”特点，而过去航空工厂制造的飞机大多是外国设计的，因此国内技术工作偏重于“工艺”，上级对工厂的技术审查也主要审查工艺。这样，工厂在“运12”的适航审定报告中写了好几段对工艺的描述。我说，适航审定不是审查工艺，这几段都拿掉。管理机关有一些人原来只懂工艺，他们习惯老一套工作方法，这是第一次遇到适航审定。如果把工艺部分都拿掉他们便白来了，便向我讲好话，说：“我们把其他讲工艺的部分都拿掉，只留一句话你看怎么样？就说工艺也很有成果。”我说：“我们的任务根本没有涉及这个问题，是否有成果我们不予评价；再说，工艺不论多有成果，设计通不过，就拿不到适航证，这个概念一定要明确。”这样，便连这一句也拿掉了。

当时的管理机关，很强调“工作总结”。会上，民机局来的一位主管官员，要求工厂写一份报告，回顾一下任务的全过程。

我作为会议主持者，说：“管理机关要求工作总结，工厂的领导今

装配线上的“运12”

天都在场，可以写一个总结报给管理部门。但是适航审定不要求工作总结。我们只要求对315条规定满足情况的逐项报告。如果315项都完成了，‘运12’便通过了适航审定。如果有一些项目没有完成，那么不论你们斗志如何高昂，精神如何饱满，心得体会如何丰富，没有功劳也有苦劳或者疲劳，但是‘运12’还是不能通过审定。”我这样说是因为工作总结仅是过程陈述，而逐项报告是达到目标的情况。

最后，“运12”满足全部315项适航要求，只有一项做了保留，就是“全机搭铁”的要求。“运12”的机体全部都是搭铁的，只有无线电天线例外，因为天线一搭铁就收不到信号了。但欧美已经有了可以搭铁的天线，在通过机体上的静电时是接通的，而在接收高频无线电信号时则是不通的。这样可以减轻某些气象条件下的静电干扰。我国一时还没有研制出这样的天线。

对于这一条，我做出决定：鉴于我国所有的苏制飞机，包括从苏联进口的和我国仿制生产的，总共已经飞行了几十万个小时，天线都是不搭铁的，也没有因此发生严重的安全事故。为此，“运12”一方面加紧寻找可搭铁的天线供应来源，另一方面同意前五架用不搭铁的天线暂时出厂，以后再更换。前五架天线不搭铁引起的安全风险，由适航审查委员会承担。

这个决定，得到了适航审查委员会包括民航总局代表的一致同意。

民航总局的人员提前来参加了我们的会议，了解我们一贯解决问题的思路和实事求是的态度，自然认可由他们和航空部联合任命的这个审查小组的成果。

最后，“运12”的适航审定结论在会上顺利通过，除了天线没有搭铁这一小点保留外全都合格，这样优良的成绩出乎很多人的意外。一位来自管理机关的官员，一直观察着现场工作的进行情况，会后他走过来对我说：他在工厂和机关长期工作中接触过不少人，很少看到有很出色能力的，这回服了。航空部的质量司官员说，这次不但使“运12”这个机型通过了适航，而且为以后的飞机如何适航审定也开辟出了一条路。

民机局主管此事的官员，会后特地到招待所来找我说：“没有想到这次这样顺利。民航总局过去总是和我们唱反调的，这次却同意了我们所有的结论，甚至还帮我们讲话。这完全是技术工作做到了实处，建立了威信的缘故。”

飞向全世界

会议后，我们到机场去看了试飞中的“运12”飞机。这架飞机外形挺漂亮，经过几年对它技术问题的介入，我对它的技术性能也有了了解和信任，产生了一种亲切感。

工厂招待我乘上试飞的飞机，专门进行一次空中游览。飞机从飞机工厂所在的哈尔滨平房机场起飞，飞越哈尔滨郊区起伏的丘陵，到达市内松花江中的太阳岛上空，低空盘旋之后，再返回平房机场。

“运12”不仅机型设计成功，还是我国第一架通过适航标准审定的民用飞机，意义重大。为此，“运

“运12”机型很美观

12”的研制于1989年获得了国家科技进步一等奖。这是哈尔滨飞机制造公司按照国际先进要求来改造其自身的企业文化，经过长年持续工作取得的成绩，“运12”是该厂的荣誉产品。我得以名列该型号获奖的“主要贡献者”中。

以后，这种机型还获得了英国和美国颁发的适航证，成为我国第一架获得国际适航证的飞机。“运12”源源不断地推出工厂的总装线，真是“一行白鹭上青天”，从太阳岛飞向了世界。到20世纪末，已经出口14个国家。

我所在的上海飞机研究所，被中国民航总局委任为中国第一部适航标准的起草单位。我作为主要技术负责人之一，在有了初步草稿之后，特地在远离日常办公的地方找一间会议室，集中一个月对草案进行了

等待出厂的“运12”机队

编制中国适航标准期间的作者

逐条讨论，从条目的内容、表述和措辞都认真做了推敲，对不同意见进行了裁决。

1985年10月，中国民航总局召集国内航空专家和教授在杭州召开会议，对我们的草案进行审定。

大会以后是分组讨论，我参加第一组“总体组”。在讨论之前，我先代表起草方对草案的总思路做发言。我从口袋中掏出一个小本子站起来，对着提纲说了我对适航标准的认识：“适航标准‘十个是什么和十个不是什么’。”

我认为人们在接触一种新概念的时候，总是不自觉地和自己头脑中已有的概念相比较。那么适航标准究竟是什么概念？它在十个方面与我们熟悉的概念有共同处，但在十个方面又不是我们已有认识的那种含义。这“十个是什么”和“十个不是什么”，从正反两面规定了适航标准的确切内涵。

参加我这一组会议的专家中，有一位远道而来的著名航空学教授。他听了我的发言后，在会议的领导小组讨论时极力推荐说，这个报告讲解的概念很全面，有很大的启发作用，应该在全体大会上讲一次。会议领导小组便特地安排了一次全体大会，叫我再做一次专题发言。

会后，我把发言整理了一下，寄给一家刊物，篇名就叫《适航标准是什么和不是什么》。这篇文章1986年发表后引起民用航空界很大重视，航空工业部质量司的领导见到我时，特地对我说："我们都细读过你这篇文章！"后来中国民航总局创办一个关于适航技术的刊物，要求转载此文。直至5年之后，发表这篇文章的刊物主编还来信要求我写出"续编"，1991年刊出续编时，刊物在"编者按"中特地提到1986年刊出此文"前篇"所引起的广泛关注。

十三

业余艺术生涯

从报纸上读到过一篇短文，谈到关于“人生”的内涵时说：中国人多数理解为“人生是指人的生存以及全部生活经历”，而在美国的教科书上却表述为：“人生就是人为了梦想和兴趣而展开的表演”。这两种说法，体现了不同的文化色彩。

在这一章，我姑且按第二种理解谈一谈我在文艺方面的“兴趣”而做出的“表演”。

1996年1月，我当时快66岁，已经退休，但仍被飞机设计所返聘为顾问。一天我在家听到电话铃响。

我拿起话筒，电话中确认我就是要找的人后，说：“我们是上海东方电视台。春节快到了，我们打算邀请你参加下个月的春节晚会演出。今年的春节联欢晚会将由中央电视台、上海东方电视台和西安电视台合办，邀请你演出一个节目，请问你能否参加？”

我历来爱好文学、戏剧和音乐，在大学学习航空之初便选修了文艺课程（大学期间我是清华管弦乐队的指挥和全校首席小提琴手），从事第一架飞机设计时便担任了工人文化宫的“艺术指导”。因此1996年初春接到电话后，我还没有弄清楚找我的是什么晚会，便回答说：“可以呀，只要当时健康状态允许，是可以参加的。”

电话中对方连忙问：“那么你的身体情况怎么样？健康吗？”

我说：“现在很好。你是约我一个月后的演出，到那个时候是否有个头痛脑热我就说不准了。”

从1983年起，每年春节中央电视台的“春节联欢晚会”成为全国人民及海外华人最关注的文艺演出。电视导演们为了每年的春节晚会绞尽脑汁、煞费苦心。1996年，中央电视台的导演们想出一个“三地联播”的花样，据说这样的三地联合播一台节目，全世界还没有先例，这便是一种革新的创举。

他们邀请我参加这个节目，使我这个飞机设计师在覆盖全国及全球华人的舞台上表演了一番。这是不论专业还是业余演员所能参加的、观众最多、规模最盛大的演出。

自娱变成与人共娱

从接这个电话的1996年追溯到25年前，我41岁从沈阳的飞机制造厂调到上海从事“运10”的研制以后，与妻子和儿女在上海团聚，恢复了家庭生活，从此便没有业余时间参加群众文艺活动了。对音乐的爱好，限于工作后操起小提琴来拉上几弓，松弛一下神经。

我为了自娱经常拉的是巴赫、亨德尔、海顿、莫扎特和贝多芬等人的小提琴奏鸣曲和协奏曲，其中最经常拉的是贝多芬的“D大调小提琴协奏曲”，也拉一点柴可夫斯基、门德尔松及法国的马斯奈、圣桑等人的作品。这样的音乐口味可以算比较“正宗”的。我的妻子对我在业余时间经常拉琴，开始时不免略有微词，但后来自我解嘲说：“听你经常拉的一些音乐，虽然水平不高但是情趣很高，比沉浸在街头巷尾的飞短流长总要好一些。”那自然，演奏水平不高是我的指法、弓法问题，但情趣却是由大师们的作曲所决定的呀！

那时住的是集体宿舍，我下班后有时拉琴的事，同事们便都知道了。这样，到了过年过节的时候，不免叫我到联欢会上凑个热闹。每当这种场合，我便拉几曲大家耳熟能详的中国曲子，相当受欢迎。

大约过了8年，到了改革开放，各种社会活动丰富起来。1979年，上海清华同学会恢复了活动。开校友会前，秘书长问有些什么联欢节目可以在会上表演，我所在的设计所一位清华毕业生参加了筹备事宜，说起飞机研究所有一个校友可以拉小提琴。于是，我的琴声便超出了本单位的局限，使其他领域工作的清华同学们也听到了。过了几年，一家科技报为了组织一篇关于科技人员的艺术生活的稿件，去采访清华同学会的老秘书长，请他推荐一位有艺术修养的科技人士。难为这位老秘书长还记得我在校友会上拉过提琴，虽然每年的校友会上先后有许多校友表演过各种节目，但老秘书长独独推荐了我。于是，科技报来了一位记者对我做了采访，在报上发表了一篇我多年来喜欢音乐的事迹报道，配发了我拉琴的照片。

我的飞机设计主业平时很少被公开报道，而业余喜爱音乐的事，作为“生活情趣”却上了好几回报刊专访，出现在上海三家电视台的节目中。

先后有几家报刊约我写文章谈谈科学与音乐的关系。我在文中都提到：喜爱音乐的世界科学工作者的名单可以列得很长，其中最著名的可能要算爱因斯坦了，物理学和小提琴是他两大终身爱好。爱因斯坦在物理学上的成就当然众所周知，仅在1905年他就发表

1991年全国人大14个代表团联欢时演奏提琴

了5篇达到获诺贝尔奖水平的论文。那么与物理学并列为终身爱好的小提琴是什么水平呢？科学史文献中语焉不详，只知道他不但拉琴自娱，而且经常乱发蓬松地携琴登台表演，有时还演奏他自己谱写的小曲。一次他被邀请在晚会上演奏小提琴，前面是别人表演的四重奏。当有人询问他对前一节目的感受时，他嗫嚅地问："但是——什么时候该我拉呢？"这位科学大师如此重视自己的演奏机会，掩饰不住内心着急可怜巴巴的可爱相，同为业余小提琴演奏者的我，完全理解他的心情，不禁为之失笑。

1990年4月，我在北京参加全国人大会议时，在14个省市代表团联欢会上表演了小提琴独奏。主持人当场向担任伴奏的总政乐队的领队了解我的琴艺，然后向听众宣布，专家认为我的琴艺属于"专业水平”。当晚节目很多，但在中央电视台的《新闻联播》报道这次联欢时，我拉提琴的片断是被选为播出音像的仅有的节目。当天正巧是我60岁的生日。

1994年9月，我64岁时，上海电视台播出了我在交响乐队协奏下演奏小提琴协奏曲的节目，由著名指挥家曹鹏指挥乐团。为了这次机会，我托科协一位熟人请音乐学院的教师事先听听我的演奏，提一点意见。熟人联系到一位女钢琴教师，她长期担任一位著名小提琴教授的钢琴伴奏。我在熟人陪同下带着琴进入音乐学院的琴房时，这位钢琴教师自我介绍说：“要说听人拉小提琴，我算是听得也够多的了。”我在她的伴奏下拉了几曲。她惊奇地说：“你倒真是个拉提琴的！一个搞科学的，怎么像那些外国科学家一样……（指对音乐有爱好）。”我心想，外国科学家也不全都喜爱音乐，爱因斯坦确实拉提琴，只知道他非常推崇巴赫的作品，至于他的演奏是什么水平，我还没有弄清楚。

上海交响乐团的指挥曹鹏颌下留着白胡子，形象庄重深邃，指挥时挥洒自如。荧屏上播出这个节目时，镜头扫过乐团的弦乐部如同芦苇丛生般的琴弓起伏，管乐部成排金光灿灿的长号齐鸣，还有一群低音提琴像史前动物般轰然作响，铜钹一闪，霹雷闪电。在交响乐队的各种声音的混响衬托下，我的小提琴独奏旋律像一根闪亮的丝线般凌空飘荡，令人震撼。看到节目录像的人往往瞠目结舌，惊奇得嘴里“啧啧”出声。这个节目在8个月内反复播放，8年之后还偶尔作为节目精品予以重放，以至有的同事对我笑说：“你作为飞机设计师没有引起注意，作为音乐爱好者反而广为人知了。”

青少年时期拉小提琴的人不少，但是到了白发苍苍的六七十岁还在拉琴自娱，甚至还登台奏乐的，大概较稀罕了。

外太空走一遭

1996年的春节联欢晚会，有一个节目是纪念“863计划”十周年。“863计划”是我国重要的高技术发展计划，我本人参加了这个计划中的工作。节目的策划者设想由北京和上海两地联合演出。北京的总导演对上海分区的导演说：“你们在上海找两个人，一个艺术家，一个科学家，在上海共同演奏激光琴，我们组织一群能拉提琴的科技工作者在北京配合演出，两地共奏同一支曲子。”

上海年轻的黄导演的经历很有意思，他是大学数学系毕业，却读了哲学硕士，毕业后留校教“西洋艺术史”，在这次春节联欢晚会上却出任上海分区的导演，可见文理相通的人也是常有的。他提出说：“在上海找一位知名艺术家没有问题，我们可以找周小燕。”因为刚过去的抗日战争胜利50周年纪念活动中，文艺界记性最好的张瑞芳记得风靡全国的抗日歌曲《长城谣》是由周小燕首唱的，于是上海东方电视台特地组织了一次由周小燕在长城实地重新高唱《长城谣》的节目。电视台与周小燕有过合作，所以首先

与世界最古老的管弦乐队云南丽江纳西古乐合奏

想到她。

北京的总导演立即同意说："周小燕可以。"黄导演说："但是还要找一位科学家，不知道该找谁。"北京的总导演说："要有一点艺术修养的。"黄导演说："那我们更不知道该找谁了。"

过了不久，中央电视台有人忽然记起，约5年前某届全国人大在北京举行联欢时，上海代表团曾有一个代表拉过小提琴。当晚演出的节目很多，但最后选上在《新闻联播》中播出音像的只有这个提琴独奏，大概当时挑选播出的节目时就讨论过，所以有人还有印象，但是不记得演出者的名字和具体情况，便给上海东方电视台发来一封电传说："懂点

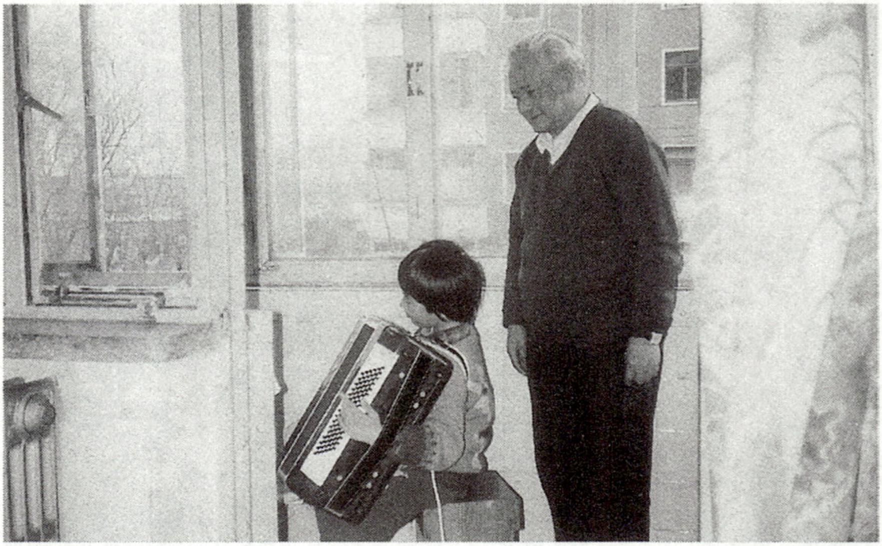

关怀第三代的音乐素养（1997）

艺术的科学家在上海有一个，是个搞飞机的，全国人大代表，能拉小提琴。”

上海东方电视台接到这个电传反而糊涂了——没名没姓该怎么找？他们指定一个人专门到处打电话，心想要找到此人肯定不容易。不料第一个电话打到科协，把三个条件一讲，科协回答说，这样的人有一个，是全国人大代表，是搞飞机的，能拉小提琴，三个条件都对，并立即把我家的电话告诉了电视台。这样第二个电话便打到了我家，就是本章开头时我接到的那个电话。

这时距离春节还有一个月。春节联欢晚会的上海分会场设在浦东新建的“东方明珠”底楼半球形大厅。周小燕和我先后六次去那里参加节目联排。每次都租用卫星实现北京、上海、西安三地联网，据说租用卫星就需要支付数万元，我们觉得是天文数字。

周小燕比我大13岁，我在幼年时就知道她唱歌很有名。到这年春节联欢晚会时她已经80岁了，但外表看不出年龄，舞台风度仍很矫健。这次晚会最后一天正式演出时，全台热闹拜年的场合有许多老艺术家如张瑞芳、谢晋等一同上台。除了这个大团拜以外，有正式节目演出的，可能就数周小燕和我年龄最大了。

那一次不算跳儿童舞蹈的幼儿园小朋友的话，年龄最小的是总政歌舞团女歌唱演员白雪。白雪当时刚成名不久，个子高挑，充满青春朝气，摄影记者拉着她在东方明珠各处摆出各种姿势拍艺术照。但是她在休息时很懂事地为奶奶爷爷辈的周小燕教授和我送香蕉。

在排练时，不论年龄大小、资格深浅，只能按节目单的顺序，所以周小燕和我在湿冷的天气远远地从浦西赶到浦东“东方明珠”，候场时也只好干坐着。我和周教授聊些音乐话题，如拉赫曼尼诺夫的《练声曲》之类，比较一下外国歌剧和“北京歌剧”（京剧）唱腔的异同。

周教授因身体不适有几次排练没有来。后台聚集着当时誉满全国的演员们，他们之间有的是老相识，有的也是初次相见，东一句西一句地闲聊。我是在场唯一的业余演员。他们见我满头白发坐在那里，不知道我是谁、要演什么。我进入这样的人群也很陌生，带去正在写作的一本《工程设计的系统工程》的书稿，在候场的间隙改稿子，但仍感到有如闯入瓷器店的大象一般浑身不自在。

周小燕来参加排演时，东方电视台看到把她和我两位老人晾在那里，感觉不好意思，便与“东方明珠”的管理部门联系，说是我们请到两位专家参加演出，请招待免费参观东方明珠的263米高处的观光平台，东方台将派导演陪同参观。这时“东方明珠”刚对外开放不久，一般参观者排着很长的队，需购价格50元的参观票。经联系后，“东方明珠”管理部门同意免费邀请两位专家登塔参观，作为贵宾不经排队直接登塔。

这一年的除夕，我就在“东方明珠”的大厅里度过了农历新年。上海导演说这回春节联欢晚会是“大制作”，节目要“典雅”又要“火爆”，搞得轰轰烈烈。这台节目一共完整地演出了两个晚上。除夕前夜演出一次，并做全程录像。一方面是作为第二天除夕夜演出的“安全备份”，以防万一出现不可预料的障碍（如演员急病，交通堵塞，设备故障等），可以放映录像来替补；另一方面第二天清晨，这个提前录制的“备用带”复制后就将送上最早的班机，发送世界上卫星传递尚未到达地区的中国大使馆，使这些大使馆可以在除夕夜与全国同步在招待会上放映春节晚会，只不过是前一晚录制的。

我参加的这个节目，在北京参加小提琴演奏的科学家有数十人，但主场设在上海。荧屏上只打出了“激光琴”领奏者周小燕和我的名字。所以春节后一连几天，我们设计所的同仁们以及远在新加坡、日本和美国的朋友和家属，纷纷打来电话，说是看到这个节目了，并注意到飞机设计所的一位技术负责人参加了这个节目的演出。

我50年前中学时的一些同学，失去联系多年，也因看到这个节目而与我联系上了。

这是我作为业余演出者参加的最“高”演出。不是说舞台筑得有多高，而是指演出用电波传送到七万五千米上的两颗卫星再向全国转播。我的琴声到外太空走了一遭。

21世纪的几次小提琴演出

进入21世纪以来，我还有几次意外的小提琴演出。

先说自从我国宣布大飞机项目上马以来，我国每四年一次在珠海举办面向世界的航空展览中，大飞机的进展成为国际瞩目的内容之一，因此我国在展览会开幕之夜，会在宾馆的大礼堂举行一次“大飞机之夜”招待会，向全国以及国际来访的贵宾演出有关大飞机的文艺节目。2014年11月11日举行了“大飞机之夜”的第二届演出，安排我的小提琴独奏作为第一个节目。导演要求我演奏法国马思奈的名曲《沉思曲》，表明一个老航空工作者在大飞机的新任务面前回忆我国航空发展历程时波涛起伏的心情与沉思。

演出之夜，舞台背景屏幕上用幻灯映出我参加研制过的一些飞机的图片，由男女主持人用中英文简单介绍了我的技术生涯。然后在一个小青年的电子琴伴奏下，我举弓拉响了第一声。料想是在介绍技术经历之后，观众对这位科技人员演奏音乐期望值不高，但观众听到的声音超过了他们的预期，反而形成了一种冲击，在第一句后便响起一片掌声。接着我在全场肃静中奏完全曲，最后掌声如潮。据事后听到的反馈说，这是全场最精彩的一个节目。据说还有外国专家听到琴声后评论说：这是一位权威技术专家同时也是一位艺术家……

第二件值得一说的，是我用小提琴领奏的一个重奏小组在几个大城市巡演。那是2008年，在上海的清华校友会成立艺术团。我得到消息后即刻参加了，成为首批参加者。我当时78岁，竟从此成为艺术团中最高龄的参加者，一直到今天我87岁，依旧每周一次参加合唱团的男高音声部的练歌和演出，仍然保持着全团最高龄的成员的身份。

在这个校友艺术团里，我不但参加了合唱，还联络艺术团内当初在清华校园内学习器乐的几位校友，组成了一个“钢琴弦乐五重奏”小组，由我任第一小提琴手，排练一些重奏节目，经常在多种业余演出中上演，居然还很受好评。2015年，北京组织了一个由高级非音乐人士组成的“满天星交响乐队”到上海来征集节目，我们五重奏小组用莫扎特《小夜曲》和《长江之歌》（由我编写重奏谱）去应征，居然被采纳通过，以至我们的五重奏小组被邀请访问了“天南海北”四个城市（即天津、南京、上海、北京），在每个城市的最大的剧院演出，颇得好评。我们五个人因此被“中国音乐家协会”发展为正式会员，也许可以就此被确认为“音乐家”身份了！

2017年，中央电视台有导演听说上海有一个清华校友会艺术团，有定期的排练和演出活动，就来看过我们的排练。他觉得不错，将我们的演奏选为该台《出彩中国人》的比赛节目。我们艺术团有一位经常给合唱编曲的校友将《我爱你中国》一曲改编为合唱陪衬女声领唱的节目，并由我们的五重奏小组伴奏（器乐的伴奏谱由我改编）。一群平均年龄72.3岁的老爷爷老奶奶们盛装上台，饱含热泪地引吭高歌

《我爱你中国》，该节目一经播出后，在全国引起强烈的反响，一时赞美之声如潮。最后这个节目获得《出彩中国人》栏目的最高特别奖。

甚至我的一位70多年不见的朋友，也从美国给我传来在国外网上广为传颂的我们演出《我爱你中国》的视频。70多年前我初中刚毕业，桂林沦陷被日本占领了。我全家逃难到广西东部，住在农民家里。那时从桂林逃难出来同住在农民家的还有一对母子，儿子11岁。我当时14岁，我的弟妹们都由我领着，那少年的母亲便叫他平时跟我们一起玩。在短暂相处之后，我们就各奔东西，再也没有见过面。但是这少年当时记住了我与弟妹们的名字，并且在谈话中知道我长大了要设计飞机的志愿。岁月如梭，他长大后去了

2017年中央电视台《出彩中国人》节目第三季特别奖，上海清华校友会合唱团《我爱你中国》，作者领奏钢琴弦乐五重奏（前排右琴手）

美国，成为美国土木建筑方面的设计师，曾参加不少世界获奖工程的设计。他说这次他从海外传颂的《我爱你中国》视频中看到我的名字，节目中介绍了我是飞机设计师，使他相信见到的一定是他在抗战期间在国内结识的那位小朋友，虽然70年不见也终于找到联系我的办法。

音乐始终是我的业余爱好。我的琴声，在20世纪曾参加春节联欢晚会由电波传到外太空再转回地球，在21世纪又传过太平洋到了美国，这对于一个业余琴手来说，也算是有点奇特吧。

科技写作不需要方法吗？

2002年1月，上海广播电视台把我找到建筑雄伟的广播大厦，一位栏目的负责人情绪激动地说：“现在媒体都在拼命包装歌星，但是我们决定宣传一下默默无闻的科普工作者，他们对社会做出了不可磨灭的奉献！”

电台组织了十位科普作家做直播采访，第一个播放了对我的访谈。后来电台用这次采访内容出版了一本图文并茂的书，对我的采访刊在第一篇。

作为一个飞机设计师，我并无在科学普及方面出人头地的打算。但是我从小学起就是一个科普读物的爱好者，自幼父亲便买一些科普书籍给我看，我也看得入迷。当时的科普书有许多是从国外翻译来的。我至今记得有一本讲力学规律的书，讨论如果将地球打一个洞，穿过地心到对面，不计地心高温等现象，问一个人掉进这个洞里，他的运动会怎样？我很喜欢这类高度抽象的对宏观现象的解释，可以对一些基本原理加深理解。

当然，科普读物中也教给我一些具体的知识。但我一直认为与科普知识同样重要的是启迪科学思想。科普读物给我形成的思维习惯，使我在以后接触一些国际先进的新科学思想和方法，如计算机优化、突变论、回归分析法、模型法、黑箱原理、系统工程等一些带有抽象性的科学新原理时，能比较顺利地接受和运用。

从20世纪50年代开始，我就经常给航空技术刊物投稿。在我科普写作的50多年中，前十几年以介绍航空新技术为主。但是我逐渐领悟到，航空要发展，还需要科学思想及科学方法的更新进步。比如在设计中创新意识就非常重要。这使我在20世纪70年代后期写了一篇《工程设计中的创造性思维》。据有人查阅文献资料发现，这是后半个世纪国内第一篇谈创造性思维的文章。以后我还发表了《智力游戏与创造性思维》《通向发明之宫的五条途径》等创造学方面的文

世纪之交时的工作状态

章，以及关于人的注意力分配，关于灵感与顿悟、技能与训练等心理学的科普文章。我后来出版了《发明与创新》《智力游戏300题》等热销的科普书籍，都是在这个思路上的发展。

科学方法也非常重要。方法对了可以事半功倍，方法不对则事倍功半，甚至很难成功。我研究了“参数优化方法”，写作了《计算机辅助飞机设计》的专著，在科学院的《科学通报》上发表有关数学发展的《突变论及其应用》等文章，都曾得到读者异乎寻常的热烈反响。

我讨论飞机设计方法的论文《飞机设计的原准法与综合法》在一家大学的学报上发表，并被航空产业的一家重要研究刊物转载。文中我极力主张突出设计自主性和创新意识的“综合法”，旗帜鲜明地反对航空界有些人曾大力提倡（甚至被推崇为唯一成功之道）的仿制性的“原准法”。这篇文章发表之后，该刊物接到“原准法”的死硬鼓吹者的电话：“你们刊物发表这样的文章，还要不要机关每年给的几万元的行政补贴了？”但是当科技人员给刊物上的文章评比打分时，此文却被参评人员史无前例地全票评为一等奖。刊物的编辑部开会决定说：“以后刊物应该多发表这样的文章，可以提高刊物的水平，增加刊物的学术影响力。”而经过这篇文章点穿两种设计方法在工程理论上的本质以后，国内航空界对“原准法”的鼓吹便明显式微了。

2002年在普陀山应邀为宝山钢铁公司举办的座谈会作“科普写作方法”专题讲座

我在1989年获得中国科协“建国40周年在科普工作中做出突出贡献”的奖励。

除此之外，我还写了一些关于人的素质培养、学习方法等教育学和人才学方面的文章，在20世纪90年代到21世纪初担任了上海科普作家协会副理事长，是我国销量最大（也是全球销量最大）的航空刊物《航空知识》的编委会副主任。我是《民用飞机总体设计手册》的主编，并担任了《中国大百科全书》第二版负责航空条目的副主编。

我觉得，任何艺术创作，都要发挥创造性，但是也有自己的规律，有一定的方法可以借鉴。音乐学院就有作曲系，戏剧学院也有编剧系。总结创作规律并不是限制创作上的发挥，而是使作品在接受心理学上更有成效。科普写作也不例外，也是有方法可以总结的。

我自己常常回想，自己写的科普文章为什么有些反映较好，另一些则较差。同样我阅读中外作家的作品，也看到有写得好的可以学习，写得不精彩的有改进的余地。因此长期来我思考了一些科普写作规律的问题。

1978年10月，《航空知识》编辑部在北京召开全国作者代表会议，要求我去作了一次科普写作方法的报告，是该次会议上两个大报告之一（另一位报告人是著名的报告文学作家）。会上对我作的这篇报告反响不错。正巧中国科协普及部有同志参加了这次会议，觉得这个报告对非航空业的一般科普作者也有参考价值，便组织了一次在京的报告会，请我去作了一次专题报告。

当时我正在北京参加与美国一家飞机公司的技术交流，住在航空部的招待所里。会议的休息日，中国

2001年摄于中国航空先驱冯如铜像前

科协派了一辆汽车到招待所来接我。我心想不知道到什么地方去和北京的科普作者们见面交流，不料汽车把我拉到很新潮雄伟的由德国援建的首都剧场。中国科协向北京有关单位，包括报纸、电台、电视台等媒

1993年，左起：（南昌）飞机设计师高镇宇、（沈阳）飞机设计师沙正平、（上海）飞机设计师程不时

体单位、机关团体及各区的科协都发了票，把一座大剧场坐满了。

我没有想到这样兴师动众，很是吃惊。我讲了科普写作的各方面问题，从哲学的高度，从认识论角度来看待科普的层次，从接受心理学来讲科普作品如何引人入胜，也讲了一些在实际写作的操作层面上的体会。会场上听众的反应很热烈。

此后的30多年中，我在刊物上陆续发表了一些关于科普创作的论文，作过一些辅导科普写作的报告。2001年我71岁时，浙江省开科普创作会议，邀请我去作一次大会报告。我得以雨中再次漫步在西子湖畔。在会上，我就科普的选题及写作方法作了报告，是这次会议唯一从浙江以外邀请的报告人。会后不少人来要文字资料，其他几个省的科协刊物转发了这个报告的文字稿，几个文集也刊登了这篇报告稿。

对科普写作方法的心得，是我写作科普文章的一个副产品。2002年上海科普协会编写科普论文集《金牌和银牌》，也辑录了我关于科普写作的文章。但愿我的点滴体会对广大科普作者能有所参考作用。

2009年，机械工业出版社出版发行了我写的《飞翔的思绪——中国航空与科技随笔》。2017年，该出版社出版了该书的第二版修订本，取名为《飞翔的思绪——中国大飞机发展道路的思辨》。

文学海滩上拾贝

除了幼年胡乱在日记中写过“小说”“剧本”之类的文字之外，我从中学开始写日记几乎没有中断过，而最初想在文字方面进行“创作”，则是大学时代的事。也许我在文字上有一种“表述欲”，很长时间以来，我曾试写过各种不同的体裁和题材。这种创作欲望使我读了不少中外文学名著，也读了不少有关文艺写作的书籍，要堆起来大概也足有好几麻袋，可以装进好几箩筐吧。

我对文学写作毫无功利目的，我发表的文学作品大部分使用笔名，得以发表后也只与有共同爱好的朋友交流，互相提一些看法和观感便很高兴。只有几篇给航空人士写的传记，我认为应该比较严肃地为我写的文字负责，才用了真名发表。

我在文学领域发表的作品，一类是散文杂记，如游记、随笔、随感、读书评论等，想到就写，题材不拘，内容各异，文思很跳跃，没有总体上的规律可循。例如，有一段时期，我的杂谈性的文章有：《顿悟的欢欣》《风筝今古二千年》《小提琴拾趣》《“收集”的情和趣》《“天鹅”曲中情》《金龙翠谷五彩湖（游记）》《万年前的火山口（游记）》《传奇性的飞机设计师》《美国的巴尔扎克》《轰动西方的“爆炸文学”》《微型小说之最》《从“魔鬼的抉择”谈畅销小说》……我还在报纸副刊上开辟过《作家与作品》专栏。

科学小品性的部分篇题有：《“灵感”需要一片沃土》《从洗碗盆说到登月》《走不动的棋和不用上机的计算》《粉笔的长度与飞机参数》《联想与发明家素质》《如何获得急智》《音乐与科技工作者的素质》《司马光破缸救人和直升机上天》《琴弦折断之后（谈技能与训练）》《通往发明之宫的五条途径》《注意力的分配》《发明的尺度效应》《发明者的心迹》……这些稿件写出来寄给报刊副刊，有时集中投稿太多，编辑要求换用几个笔名，避免留下副刊只被少数作者垄断的印象。于是我便采用幼时迁移居住过的地名，创造出一串谐音的笔名。把这些笔名连起来，在地图上可以画出我童年时迁移的轨迹。

此外我还创作以生活为素材的短篇小说《切分音》《马的颜色》，以历史故事为素材写的《故事新编》类的中篇《神箭长歌》等。

第二类是关于航空的文学题材。比如我写过关于我国在20世纪内对航空产业有重要贡献的两个人物的传记、报告文学、纪实文学等，也写过关于飞机设计师的短篇小说《世纪的风》。我也用一些人的历史经历写出传奇故事《最高缉捕令》《浪涛汹涌之夜》和《江防计划的破灭》等。

第三类是科幻小说，我想借此锻炼一下想象力。如果说我写的航空文学作品的特点是以材料扎实取胜，而我写的科幻小说则追求想象的飘灵。我写的几篇科幻小说《没有触觉的世界》《特别护理》《费鲁德大人的最后一次手术》《奇葩怒放的沃土》《欢愉中心的突破》《中华文化大发送》等，题材包括计算机科学、医学、大脑研究、考古学等，却没有一篇是关于航空的。但是出乎意料的是，几篇科幻作品却引起相当的重视和好评，被我国的科幻创作界认为，属于20世纪内重要作品之列，收进一些文集之中。

连载小说《强行起飞》是我的文学写作中第一部较大篇幅的作品。

在我主持“运10”试飞工作期间，和飞机厂一位老工程师周正工作上的接触较多。彼此熟悉后，知道他是“两航起义”人员。他对那段起义的历史刻骨铭心，有许多当时的故事。

我觉得“两航起义”这件事，且不说其包含的机智英勇和惊险悬疑的情节过程，就这个事件的规模和意义，都是20世纪内中国航空界的大事，在世界航空史上都很震撼，反映了中国航空界强大的民族凝聚力。但是这样重要和精彩的一件事，竟然没有在文学上得到反映，很使人感到欠缺。我想，别人不写，我来试试看。

1983年3月，我与周正老工程师一同参加在西安举行的全国航空学会代表大会。他对我说：“咱们一起坐飞机去吧？”

我说：“还是坐卧铺去吧，一路我来听你讲故事。”

这样在西行途中，我采访了他一路。在西安的会议上，经他介绍我还采访了几位在起义中起关键作用的人物，如起义机群指挥机的机长潘国定等人，我写下的采访笔记有好几本。

以后很长时间内，我还陆续采访了其他有关人物，收集了大量资料，然后开始构思这部作品。我过去没有处理过这样重大的题材，也没写过这样篇幅的作品，写作起来便毫无章法。我最早采用的是即兴点彩式的写法，就是先从比较“有戏的”场面写起，写出一些效果比较热烈、但并无关联的段落来。我使用了一些外国惊险小说关于悬念的设置、场景的铺陈、气氛的渲染等手法，作为练笔的“牛刀小试”。

进行这些写作时，我不禁回想起少年时在舞台上的经历。我觉得，写作中我不仅要像“演员”一样揣摩角色的心态和举止，还必须作为“导演”进行场面调度、掌握情境中的“最高任务”，必须像“编剧”一样设计情节的进展和每个人的台词，还要担任灯光、道具、布景、化装、服装、音响效果等各种舞台专业的任务来制造现场气氛。我以少年时演戏的感受来体验这次写作，感到像是过了一次戏瘾一样。

我只能在业余时间写，所以写作时间拖得很长。我的手稿夹里杂乱无章的片段逐渐堆积了很多，我却陷进无法将它们联成一个整体的苦恼中。

最后我终于猛醒，摆脱长时间来沉浸在细节的思路，“居高临下”地将整个作品做了一番总体规划，然后将总提纲中的空缺补全了，并从已写成的稿子中大刀阔斧地砍削掉一些枝节，形成了一部完整的作品，洋洋洒洒26万字。我拿给另一位写作爱好者看，他是一位对文学很有想法的航空技术研究员，他说用了两个晚上连续看完了，相当吸引人。

工会管理图书馆的一位小青年，读过很多国外惊险和探案小说。我问他愿不愿意看看我的稿子，他同意了。他看后把稿子交还我时说：“稿子写成这样，可以寄给报纸杂志去看看编辑们的反应了。”

于是我为这部取名为《强行起飞》的小说写了两页纸的简介，分寄给一些报纸刊物。当时上海的《解放日报》开始刊登连载小说，人们对这种形式很欢迎，连载小说引起普通读者们兴致勃勃的交流和讨论，投稿的作品也多了。报纸甚至专门发行了一份《连载小说》的刊物，刊载报纸上容纳不下的连载作品。我将《强行起飞》的简介寄给这份刊物。不久收到来信，要求我将全稿寄去一阅。

正逢我要到外地出差，便匆忙将《强行起飞》的稿件寄出，然后便离开了上海，心里一直惦念着编辑部的反馈意见。到我出差回来后，报纸的编辑来电话，约我去编辑部一谈。

接待我的是一位头发全白的女编辑，姓孙，比我当时大出5岁，已经62岁了。据说她是复旦大学新闻系的毕业生，退休后返聘负责副刊版面。

她告诉我说："报纸的连载小说，一般都是约请名家写的专稿，从自由投稿者那里选出的稿件几乎没有过。这篇稿件寄来以后，我先交给编辑室一个正在休产假的小青年拿回家去看看。这类来稿塞给青年编辑去读，常常拖很长时间没有回音，因为稿件的文字和情节很难读下去。但这次小姑娘很快就把稿子送回来，说是读完了，不错。我又交给编辑室其他几位编辑再读，很快大家都反映很好。这样我自己才读了一遍。"

她指出她认为写得不错的人物和场景，总的评价很好，决定采用。

我问："是在报纸上连载，还是刊登在特别发行的《连载小说》期刊上？"

她说："在报纸上连载，每天都出现，影响比较大。"

我告诉她说："关于'两航起义'，我听说国内曾经编出过9种剧本。但参加这个行动的人员和部门互相吵闹争功，这部分表现得多了，那部分表现得少了，某个细节不是发生在剧本中的场合等等问题纠缠不休，最后全都流产。因此我写的这个稿件是一篇文艺创作，文中的人物和单位的名字都不是真实的。我事先向你们说明，是为了预防以后有人就一些细节琐事来指责'事情不是这样——'。"

那位孙编辑听了说："那没有关系。如果有人来指出这样或那样与事实有出入，我们就告诉他这是小说。"

就这样，《强行起飞》在《解放日报》上连载了两个月。这是一份向全国发行的报纸，所以在遥远的地方都有读者每天把报纸剪下来粘贴成册。以后报纸编辑告诉我，果然有人指责说这点或那点与“事实不符”。这常常是当时事件的局部参加者，而他们以事件的绝对权威自居，仿佛任何细节都重要到容不得走样，都需要经过他审查批准，而忽略了这样重大的事件在我国文坛上长期得不到表现所遭受的损失。面对这样的批评，编辑部果然用“这是小说”回绝了他的指责。

最后，《强行起飞》的连载取得了良好的社会效果，被选为该报十年中最佳十部连载小说之一，在一家宾馆隆重举行了颁奖大会并授予奖状。

1991年，一家出版社正式出版了《强行起飞》单行本。

《通天路》是我写作的另一部航空题材的长篇小说。

我从飞机设计所的设计岗位退休之后，想起研制“运10”的日日夜夜，很多人物和事件常常在脑海中萦绕。于是，我决定以我国研制大型喷气运输机的题材，写作一部长篇小说，暂取名为《通天路》。

这时我已经改用电脑写作，一连几个月坐在电脑前，顺利地打出了全稿。我热切需要知道别人读后的反馈意见。我能够找到的读者，大部分是飞机设计所中的同事。他们读过原稿后，大都对飞机研制的技术过程颇有共鸣，但对作品的文学意义，说不出有实质意义的评价。有的说读起来比较像是一本纪实文学，而不大像是文学创作；可是又有的人说，像小说，在书店根本看不到这样精彩的小说。

一次我在科学会堂参加会议，凑巧坐在我身边的一位中年人对我说：“我还没有你的名片呢，是不是可以给我一张？”于是我与他交换了名片。我一看他的名片，原来是广播电台一位编辑，是中国作家协会的会员。我立即想到我的小说稿，便对他说，“你是作家协会会员，我写了一部有关航空的小说，你有没有兴趣为我看看，提一提意见？”他说好呀，这样，几天后我便把《通天路》的打印稿送给了他。

几天以后，他看完了稿子，对我谈他的读后感。他的观感大大出乎我的意料。首先他说这是一个很好的题材，是一个世界性题材，也是一个世纪性题材，是别人没法写的，是一部绝无仅有而又有重要意义的题材。但是现在看起来这是一个飞机设计师写的小说，有很多真实而有趣的细节，但带有素材性质。作为给一般读者看的作品，他觉得还需要提高一步，特别是后面的部分需要再加工。

听了他的意见，我只有沉默。因为我自己也拿不准应该如何加工。

又过了几年，到了世界航空百年纪念的前夕。我再次遇到这位中年编辑，他问起上次那本《通天路》的稿子后来怎么样啦？我说搁置在那里了，虽然陆续在细节上作了一些加工，但总的来说没有大的起色，没有形成新的思路。

他说他读这本稿子就印象深刻，觉得是很好的坯子。他愿意再看看，并表示愿意合作来把它改好。于是我们开始了合作。两年后写出了第二稿，取名为《巨翼入云》。

我作为第一作者和那位编辑达世新合作创作的这部长篇小说，从2003年12月末起在上海广播电台的“当代小说连播”节目中播出，共36集。朗读者为全国首届“金话筒”得主张培，她不仅是首届获奖人，还是后来多届获奖者。男声则由全国广播剧最佳男演员宋怀强担任，他是上海戏剧学院的语音嗓音教研室主任。人们说这在全国也是最好的男女声搭配。这部作品的播出，多个电视台和几家报纸都作了报道。

十三

百年航空与飞机设计师的素质

“世纪作证”

1988年8月，我在大学时的老师，曾任北京航空航天大学校长的沈元院士，和前任航空工业部航空研究院副院长、飞机局局长的胡溪涛两位老先生来上海，要我去见他们。当时，我国在20世纪内研制的最大的喷气运输机“运10”已经被搁置十几年，而以后进行的许多民用飞机产业计划接连遭到颠覆性失败，我国民用航空产业一再在零点附近徘徊。两位老先生问我对这样的形势有什么看法。

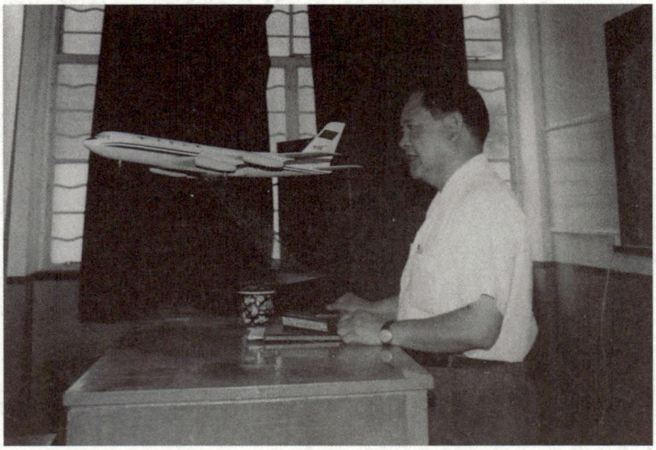

自20世纪80年代中期起，30年来作者在多种场合讨论中国独立研制大型客机的看法

我回答说，我最近写了两篇文章，一篇取名为《世纪作证——论航空工业在20世纪内对人类社会的重要作用》，管理机关内某些人一直把航空产品当作洗衣机、电视机等一般的产品，一直鼓吹用洗衣机的发展道路来发展飞机行业，这篇文章就是针对这种认识提出的。另一篇则是《中国飞机设计师谈飞机设计》，谈在飞机设计师的眼里，飞机设计究竟是怎么回事。它绝不是单纯的仿制思想所能包容的，而是一种创造，一种新系统的综合。这两篇文章，都是针对当前航空产业内某些思潮的，但是我不知道什么地方可以发表。

胡溪涛老局长说，你把稿子给我，我带到北京去想办法。

“世纪作证”一文很快在一家大刊物上发表了。以后十几年被很多刊物所转载，直到2002年，我还接到通知，说是该文获得某些征文比赛的一等奖、特等奖，列入论文专集云云。我国的航空产业被追认为属于“高技术”范畴。也许，人们日渐普遍的呼吁对决策者们起了一定的作用。

以后，一直到20世纪末的几年中，我连续写了一些世纪回眸性的文章，产生了一定影响。我认为20世纪航空产业的发展，绝对不是某些“仿制”论者所认为的：只是一些抄袭复制便能解释其发展线索的。

2002年，莱特兄弟发明的第一架载人动力飞机飞行百年纪念的前夕。北京一家出版社邀请我编写一本纪念航空百年的书。我不打算写一本充满各种日期和事件的航空发展史，只选取了百年中一些闪光的瞬间，有的悲壮、有的英勇、有的惊险、有的也只是有趣，由这60多个值得人们记忆或思考的事件或人物，编辑成一本取名为《翼海撷英》的书，于2003年出版。编辑部看了我写的后记说：“这篇后记写得很有激情。”我说：“是吗，我怎么自己不觉得？”编辑说：“你读过其他书的后记一比较就知道了。有的书的后记，只是把书中已经讲过的事实再复述一遍，没有什么新内容。而你写的这篇就不一样。”

我还是不明白。不过我想：航空本来就是我倾注了一生心血的事业。如果这种情怀在我的字里行间有所流露，那是毫不奇怪的。

我想，在航空百年的发展中，飞行王国的疆界不断扩展。不论速度的提高、航程的延长、载量的加重，都蕴含着风险，都需要开拓者的智慧和勇气。人们在任何时候都不应该消融创新的锐气，这样才能不断开拓出更加广阔的前景。

百年来，世界各国有多少曾为航空投入过火一般的热情、钢铁般的毅力甚至血肉生命的人们！每当人们回想起这巨大的画卷，必然会想到一些闪光的局部。人们常会从一些人物生龙活虎的干劲、灵

2007年出版新书讨论中国应独立研制本国大型客机的意见

活机敏的思维或严重挫折下的奋斗中获得人生的感悟。人们在开拓者的境遇中，可以看到人类认识和创造力不断发展的过程。谁能想到，对战争胜负起着至关重要作用的飞机，在初露头角的时候竟被认为“过分庞大”而在选型中败北？又有谁能想到，在航空发展上功勋卓著的飞机设计师，有的在成长的过程中却遭到过种种难以想象的阻碍？但是成功者总能突破环境对他的种种局限，最后做出成就。这种经历，也会带给人以思考。

飞机诞生何其迟

我常在考虑一个问题，同为人类的交通器具，为什么车船出现已经几千年，而飞机却在近一百年才出现？飞机迟来的原因究竟是什么？

对这一点，以前也曾经有人尝试做过解释，说这是因为到近一百年才出现汽油发动机。这种似是而非的解释，正是一贯强调物质性的“硬件”条件者的惯性思维。事实上在莱特兄弟的飞机飞上了天空以前，美国的马克辛、俄国的莫扎伊斯基和美国的兰利等人研制的飞机，都以蒸汽机为动力飞离了地面。而美国的莱特兄弟试制成功的第一架飞机，也不是选择现成的汽油发动机，而是两兄弟特地为这架飞机而研制的特别的动力装置。

从另一方面来讲，在20世纪末期开始在世界盛行的一种“悬挂式滑翔机”，它的构成只需要几根杆状构件，上面覆盖以布质的蒙布，下面用几根吊带“悬挂”着驾驶员便能自如地在空中飞行。构成这种滑翔机的主要材料，如杆件、布和吊索，在几千年前就已经存在，为什么没能在古代出现这种航

在航空学会上作学术报告

空器在空中飞行?

可见，人类进入飞行的境地，并不完全是由物质条件决定的，还需要知识的洞察、经验的积累和探索的勇气等属于精神范畴的因素。在空气的“海洋”中飞行，依靠的主要是空气动力，这是一种看不见的力，需要人去探索和应用理解才能掌握其规律，不像车和船所利用的地面的反作用力和液体的浮力那样直观。而对空气动力的一些基本规律的认识，到20世纪初才由于理论的进展和实验方法的推进而趋于成熟（包括莱特兄弟为研制第一架飞机而建立的早期风洞的一些重要试验结果）。

其次，飞行的试验比陆地上的车和水上的船的试验具有更大的风险。自古以来许多人前赴后继地探索，结果都是非死即伤。后继者很难继承前人的经验教训，而不得不面对风险重新尝试。因此飞行的开拓需要一种不懈的热情和胆略，而不是谨小慎微者只靠点滴的积累就可以打开局面的。

泛游书海

因此，航空技术的发展，并不是仅仅受限于纯物质性的因素，而是特别需要“胆、识”二字，胆就是胆略，识就是知识。这样的精神因素，不论是对第一架飞机的出现，还是后来航空技术发展过程中对飞行速度的追求以及研制特大飞机的型号，直到飞入太空进入宇宙空间，莫不起着重要作用。因此，航空技术在20世纪初就被美国视为人类社会进入“技术时代”的标志，而在21世纪初则又被认为典型地反映了“知识经济”特点的产品，就是这个原因。

世界航空技术发展目标的演变

20世纪初，在人类第一架飞机上天后的第6年，即1909年，中国的冯如制造的第一架中国飞机胜利地飞上了天空。从此中国人介入了20世纪新兴的航空技术。20世纪前半个世纪中国断断续续有了航空工业，到后半个世纪才骤兴形成规模。但在这门产业最核心的、具有带领作用的飞机设计事业上，中国长期没有进入前列。

纵观航空技术在20世纪内的百年发展，总的跃上了三个大的技术台阶，前后曾有两个发展目标。

三个技术台阶的第一个是机体结构的全金属化。第一架全金属化的飞机大约出现在1917年，但飞机机体的金属化过程直到第二次世界大战中才得到普遍实施。结构基体的金属化不但提高了结构的强度，而且更重要的是性能比原来的木料稳定，使飞机的制造从原来手工作坊式的生产方式进入了批量生产的规模，却仍然可以获得可靠的质量。

第二个台阶是发生在第二次世界大战末期的喷气化。喷气化使飞机的飞行速度骤然得到很大的提高，使飞机的载重量大为增加，并且使人类制造的飞行器进入了外太空，开始了宇宙航行的时代。

第三个台阶是发生在20世纪末期的电子化，主要在飞机的操纵系统、导航系统和仪表系统，给飞机的飞行安全、经济性等多方面带来好处，但是这个飞机系统的电子计算机化有逐步深入的性质，没有前两个台阶那样来得迅猛和明显。

在百年航空中，航空技术发展追寻的目标，虽然在初期就曾有过“更快、更高、更远”的提法，但是比较起来，飞机发展的最主要的性能指标。在20世纪前半个世纪更明显的是追求速度的提高，而后半个世纪大飞机的研制走在了航空技术发展的前沿。

左起顾诵芬，左三起程不时、宋文、谢光骢，左七叶正大，右三沙正平，右五方宝瑞，右七屠基达

在第二次世界大战末期出现喷气技术之后，试验飞机（美国的X-1和X-15）很快地突破了音障，并且达到超音速约7倍的飞行速度。但是在20世纪后半个世纪内，实用的飞机因为在大气层内飞行，受到大气层物理特性的限制，军用飞机的速度大多稳定在“热障”以前（超音速2.2倍），而民用运输机大多稳定在“音障”以前，即以“高亚音速”巡航。

我对航空发展的这种归纳，多次在北京重要的会议上向包括两院资深院士及我国著名航空专家在内的听众陈述，受到听众的肯定，书面的材料被送到上层管理机关参考。

从这个观点来看，我国在20世纪研制的“运10”飞机，采用了全金属机体结构，走进了大型运输机的类别，采用了部分自动增稳装置和先进的导航原理，在总的发展方向上体现了航空技术百年发展的大方向。

2002年7月，美国一家发动机公司的领导层换届，新上任的头头很想打入中国市场，便找到上海航空学会，想要和上海的飞机设计部门联合召开一次技术研讨会。美国公司向学会打听，一般你们开技术讨论会选什么会址，是不是够气派？航空学会告诉他们说，我们素来在上海科学会堂，规格很高的。美国公司说，不行，我们开会应该在上海最好的一家新近开张的“超五星酒店”举行，我们愿意承担报告会后的晚餐费用。上海航空学会强调这是上海方面的学术活动，外国公司愿意来参加介绍它们的产品是可以的，但不能反客为主，把上海的一项学术会议办成一个外国公司推销产品的活动。

上海航空学会与设计所联系，设计所认为我方现与世界很多发动机公司都在谈判，关于发动机选型的技术报告就不做了。这时上海航空学会的理事长打电话找我，问我能不能作一个航空学术报告。我说明年就是航空一百周年了，我就作一个航空百年的学术报告。理事长说可以呀，就这样定了下来。

我对徐秘书长说，有美国人参加，我干脆用英文作报告好啦。秘书长说好呀。但是我后来一想，究竟是在中国，我还是应该用中文讲，但是我自己翻译成英文。秘书长说我可以为你找一个翻译，我说不用了，我就自己说自己翻吧。他说我是怕你太累，有一个翻译你可以休息一下。但我想，如果找来一个不理想的翻译，听起来实在会比自己翻还累。

后来美方要求我的演讲放在最后讲，他们先介绍产品。因为这次活动是美方出资，所以联络人便同意了。

我知道后对理事长说："我讲的是一百年宏观回顾，而他们讲的是具体产品介绍，把我的演讲放在后面不合适吧？"

理事长给我打气说："这事我负责，会议是我主持。你在最前面讲。他们如果不同意，大不了我们不举行联合学术讨论会了……"

最后，经过再次与美方交涉，才确定我第一个讲。

到正式开会之前，联络人又走过来对我说："美方的意见，你的报告译成英文可以简略一些。"

我问："这是什么意思？"

联络人笑笑，说："这是美方的意思，就是这样讲的。"

看来，美方对我的"百年航空"的报告不抱期望，他们对内容并不在乎，译不译成英文，译多少都没关系，他们不感兴趣。最好多节约一点时间给他们宣传产品。

我没有去管美方意见，报告时上台打开手提电脑的"多媒体"播放系统。我讲得非常精练，没有任何废话。英文部分也讲得字正腔圆。我讲的是高度提炼的对百年航空进展的总结，是任何其他资料中没有的。我讲完之后，美国客人纷纷前来表示祝贺，并在他们的发言中赞扬了这个演讲，还派一个美籍华人来对我说，这个演讲好极了，很多事情都是他们所不知道的，是不是可以复制一份讲稿给他们?

我说对不起，这个讲稿还不成熟。

会后，上海航空学会理事长特地向我表示感谢，并且说，这个报告你留着，将来还要讲，多次讲……

我觉得，这个报告的成功，与其说是讲给外国人听的，还不如说是讲给中国人听的。报告的轰动效果，镇住了全场。休息时我见到秘书长，他说："你这个报告，应该在航空学会内给各分会的干部和联络员讲，大家都来听听……"

2002年10月，北京航空航天大学庆祝建校50周年，把我从上海请到北京，到学校参加校庆讲座。我讲的题目是"世界与中国航空百年暨'运10'在航空史中的地位"，到会的听众出乎意料的踊跃，会场开门以前在门外就聚集了许多学生。这次我经历了平生作大报告而获得最热烈的、最持久的掌声。这要感谢青年学生们的热情，也得益于这个题目的吸引力。

离开北京时，北航接待我的教师把我送到《中国大百科》编辑部，因为我被聘为代表国家级出版水平的《中国大百科全书》修订第二版负责航空航天部分的副主编，出版社趁我此次赴京给我颁发聘书。

飞机设计师的素质

20世纪50年代，当我国第一次设计出“歼教1”喷气教练机之后，当时的空军训练部门却热衷于从欧洲国家进口一种喷气教练机，我国自行研制的机型刚诞生便被搁置起来。过了30年，从国外没有可能获得这类飞机的供应了，才想起重新研制这种曾经被他们自己否定过的机型。任务下到南方一家飞机制造厂。我作为早期参加过“歼教1”方案设计的人员，被邀请前去参加这种新的喷气教练机的方案会审。

在这次会审会上，我遇见我国开始飞机设计事业时就曾一起共同工作的三位老同事。现在我们分别在国内不同地方，仍然工作在飞机设计岗位上。这种巧遇使我感到碰面的机会难得，便拟了几道关于飞机设计的问题，分别询问他们的看法，和他们交换意见。我提的问题有对飞机设计工作性质的理解，对飞机设计师所需要的素质的体会，对与国外技术合作的看法，以及对中国航空发展道路的期望等。

大家都谈出了一些真知灼见。事后我把我们谈话

为技术人员作技术报告

的要点摘记下来，分别寄给他们本人审阅，并征求他们是否同意公开发表。他们都同意了。于是，就有了《中国飞机设计师谈飞机设计》的文章。这篇在我国飞机设计文献中有相当影响力。

这篇文章后来传入北京，被两家高层管理机关的内部刊物刊印传播，该文在高层的重要会议上被提出要求大家普遍阅读。然后，该文也被一家印数最大的航空刊物发表了，获得了“建国40周年国防征文”的一等奖。

1993年12月12日，上海飞机研究所成立20周年，所长要求我在纪念大会上作一个关于“飞机设计师的素质要求”的报告。我在电脑上拟出一个提纲，在大会上作了报告。1997年3月，航空工业部从各厂所抽调“总师后备人员”，在北京航空航天大学举办一个“特种训练班”，要求我去作一个“总师工作方法和素质”的讲座，为期一周，反响颇佳。

后来，我将历次关于总师素质的讲话和文稿，压缩写了一篇《总师工作方法和素质训练》的论文，在航空刊物上发表了。以后我听说，某些航空航天大学的教师特地复印下来作为重要资料保存。

我觉得一名飞机设计师首先是一个创造者，而不只是一门学术的推广者或对某种结果的分析者。他要

1999年在航空部“高研班”为总师预备队工作“总师工作的性质与方法”讲座

负责提出一种新机型的方案来。要做到这一点，如果没有创造新事物的热情和能力，仅做一个会念经的和尚是不够的。

一架飞机的诞生涉及很多不同的学科，飞机设计者在某种程度应该是飞机主要学科的“通才”，而不限于是某一特定学科领域的“专才”。他应该对一般的科学思维和科学方法具有某种“悟性”，即有比较深刻的理解和运用能力，不会局限于某些狭窄的眼光而失去对事物的正确认识。也就是说，应该有比较完善的工程哲学思维基础和健全的逻辑思维能力。

飞机设计师应有良好的判断力，应不限于掌握实现眼前目标的操作性能力。一架飞机的设计周期相当长，因此对做出的决定应有一定的预见性。缺乏预见的决定只能是盲目的，在长时间的考验中会暴露出决策的失误。

飞机设计师应能团结广大科技人员共同工作，一同实现创造出新产品的任务。作为技术的负责人，在工程进行途中遇有问题时会充当决策者，但平时在更大的程度上应是设计队伍的一名教练，应该懂得如何交代任务，如何指导下级理解完成此项任务的方法，如何督促工作的进程，如何解决设计中遇到的问题。如果只是被动地待在办公室等下级来请示问题，就很难领导完成一项机型研制任务。

同时，飞机设计师最好能有一些不限于常规技术任务的技能，如能熟练地运用语言、文字和图像交流技术设想的技能，在概念和实物上综合多种素材形成一项成品的技能，以及策划指挥一群人完成一项特定任务的技能等。这些技能对于完成局部性的技术任务时可能并不很重要，但是要作为一架飞机的主要设计者，具有这些技能则会对工作有很大的帮助。

航空技术的发展，在时间上几乎与人类社会的20世纪同步，成为上个世纪科技发展的一个重要特征。试看20世纪末的飞机，与20世纪的最早的飞机相比，航空技术的发展在百年中发生变化的幅度，是20世纪初的人们无法想象到的。而经过一个世纪这样迅猛的发展，航空技术丝毫没有显示出已经达到饱和的迹象。

处在21世纪的新起点上，可以预期在以后的日子里航空技术仍会有巨大的发展。而航空技术发展的载体，就是飞机本身。我国要在航空产业中在世界上占有一席之地，首先是需要飞机设计的人才辈出。我对新的世纪中我国涌现出新的出色的飞机设计人才，寄予很大的期望。

十四

相差37年首飞的两架大飞机

在1980年9月首飞的“运10”，是20世纪我国自行研制的最大的喷气式旅客机。C919在2017年5月首飞。这两架飞机的首飞发生在相邻的两个世纪，首飞时间相隔37年。凑巧这两种机型我都参加了它们的研制工作，曾任“运10”的副总设计师，现在则任C919的专家组成员。两种机型的首飞仪式我都参加了，亲眼见证了这两种机型初展巨翅腾空而起的庄严时刻。

当记者们就这两架飞机的历史采访我的时候，常常询问当飞机起飞腾空的刹那，我具体在什么位置，当时的观感如何。说起来，当“运10”首飞的时候，我并未在停机坪上兴奋拥挤的人群中。当时我的位

参加C919总装下线仪式

置，是在空旷的跑道头的指挥车旁边。“运10”首飞由这辆指挥车上的地面指挥员指挥。我站在指挥车旁的位置上，一面听着扩音器中传出的指挥员与空中试飞员的对话，一面随时准备当试飞员在空中如果发现意外的情况，询问地面指挥员如何处置时，为其提供解答。这只是作为一种保险的后备手段，实际上当天试飞情况一切顺利，没有任何未曾意料的情况发生。但我却是始终打起精神集中注意力，准备随时听命提供答案的状态。而在C919首飞的当天，中央电视台的工作人员把我领到起飞跑道边上，在离跑道最近的位置，那里聚集着一大群参加研制C919的男女中年骨干，他们全体身着胸前饰有国旗图案的工作服，蔚为壮观。当我走近这支队伍时，他们一齐向我招手，让我站在整个队伍最前面的位置。（大概他们认为我是当天参加首飞仪式中年纪最大的，而且作为曾参加过研制“运10”的一员，对当天首飞的C919来说，做了大量有益的前期工作，因此他们一致做出一种不忘前人的致意吧。）

这是两种设计任务不同的机型。“运10”是我国首次自行研制的起飞重量超过百吨的大型喷气客机。它的最初设想是为我国出国的国家代表团提供政府专机，也兼顾在中短程的航路上担任客运任务。为此它的最大航程达到8300千米。而C919的设计任务专注于干线客机，最大航程5500千米。由于飞行任务不同，两种飞机的尺寸、吨位，以及某些部分的技术型式的选择上，会有所不同。

但是另一方面，它们是我国先后研制的两种大型喷气客机，它们在技术总体的型式选择上，技术突破的主要方向上，又会有许多重合，以至于有着密切的继承和发展的关系。

“运10”作为20世纪我国研制的最大机型，曾经试航我国许多边远城市，表现良好。“运10”的发展走的是自行研制型号的途径，最后让位于在中国的土地上总装外国型号（MD型美国飞机）。到21世纪的今天，在我国境内总装外国飞机的中外合作生产形式仍然存在，但不再作为发展民用航空工业的唯一的方式，而将自行研制C919大型喷气客机，作为根据国家意志启动的、体现中华民族的自立创新能力的标志性工程。大型喷气客机C919发展的战略性道路，开启了21世纪我国喷气式商用飞机发展的大道。

“运10”在研制的标准、理论和方法上，曾在我国飞机型号的发展中开创了许多先河。比如飞机的研制标准采用世界运输类飞机通行的适航标准，在空气动力学的设计验证方面采用计算机数值计算和风洞试验互校的方法，在结构强度上使用计算机辅助设计的有限元素法等。这些由“运10”先行引入的新的设计理论和方法，在C919的设计中得到进一步强化和完善，使C919在设计方法上与世界先进民机研发技术处于同一层次。

在“运10”具体的型号研发中，经过理论论证和试验对比，做出了许多重要的技术决策。如在空气动力外形设计上，机翼采用高亚音速巡航的翼型、大展弦比后掠式机翼平面形状、带有上反角的下单翼而用偏航阻尼器获得横侧向稳定系统、动力装置采用涡扇式发动机、翼吊式发动机安装型式、空中可调安装角的平尾等；在结构上单通道的客舱布局（是目前使用量最大，并在将来需求量最大的型式）、多轮起落架、全部油量贮存在机翼内部空间等。这些重要的型式选择，在“运10”研制中曾引起过国内航空界长时间的质疑。但在“运10”设计中经过详细的论证和试验做出的选择，通过“运10”的飞行证明是正确的，并经过世界航空历史几十年的发展证明是明智的，因此在21世纪的C919设计上，得到合理的继承和发展。

说到这里，我想起一桩有趣的小事：有一位在科技刊物任编辑的朋友，转给我一位科技工作者的来信，提问说，他的工作需要经常乘坐飞机飞越大洋到达彼岸的外国。他认为飞机经过长时间飞行，不可能携带这样多的新鲜空气，客舱内有限的空气不断循环，到了旅途的尾段难免要变得污浊。这使他每次乘飞机都在接近终点时感到呼吸不适，有气闷憋屈之感。我回答说，喷气式客机在高空飞行时，周围的空气处于低温低压状态，直接通向客舱是不行的。但是飞机装有涡轮风扇式发动机，装有强大的压气机，将高空中低温低压的空气压缩之后，形成高温高压空气，大部分通向发动机的燃烧室通过燃烧来产生推力，小部分经过减压和降温后，形成与地面压强和温度相近的新鲜空气供客舱旅客呼吸。旅客机的客舱空气并不是循环使用，而是每隔几分钟便全部换成新鲜空气。这位编辑朋友把我的回答发到网上去了。据说，这位常坐飞机的科技工作者看到这个答案后，再没有发生心理失常，在飞行末段感到气闷。

这就是“运10”在研制时遇到的客舱隔热、降噪、调温、保持空气新鲜等客舱生活环境的设计问题。大型旅客机的客舱空间非常大，基本上整个机身就是一个巨大的承压容器，还要保持舱内舒适的生活环境。“运10”在很大规模上解决了客舱设计所带来的特殊问题，为喷气式客机的客舱设计开辟了先河。

两种大飞机机型间有很多借用和继承的技术，在这里不详细地列举。此外，在组织机构方面，为开展C919工程，原研制“运10”的上海飞机设计所扩建为上海飞机设计院，负责C919的总设计。原研制过“运10”的上海飞机制造厂发展为负责C919和ARJ21试制和生产的上海飞机制造公司。当20世纪上海开展“运10”工程的时候，曾从全国调集多方面人才。这种通力合作的精神也成为“运10”研制历史上的一笔宝贵的财富。今天为了我国的喷气客机C919，再次出现全国大批人才云集上海的盛况，并扩大到从海外招募人才的局面，在更大的程度上体现了各方人才为了共同的目标而聚集，让知识的冲撞产生出智慧的聚变。

另一方面，从“运10”到C919，毕竟地球已经绕太阳的轨道转了37圈，人类的航空技术有了许多新的进步。比如，现在有了比37年前更先进的发动机，推力更大，耗油率也更低了。所以C919可以采用两台发动机，而不是如“运10”般采用四台。并且，大型旅客机的电传操纵系统技术也更成熟了。C919由于研发的时间比较近，具有后发优势而采用了电传操纵系统，比“运10”的人工操纵系统更进了一步。此外，在航空材料上，也有新的发展。因此，在C919上的结构选材中，采用了新出现的铝锂合金和复合材料等。

C919作为一项大的系统集成产品，在它身上我们可以看到它有继承以前的技术的部分，也有与时俱进的发展特点。

谈到这里，我想起我在参观美国华盛顿“航空航天博物馆”的时候，一进门看到在它的大厅中央的高处，悬挂着1903年美国莱特兄弟研发的人类历史上第一架飞机“飞行者”的原件。如果与今天任何一种风驰电掣的军用机相比，或者与一架巨型的遨游万里的民用机做比较，莱特兄弟的飞机只能说像一只大风筝。但是作为今天航空科技最发达的美国，我没有看到他们对这架简陋的原始飞机表示出任何鄙夷轻视，却把它当作圣物一样挂在大厅的最显目位置，接受着全世界参观者的朝拜。这使我感到，美国近代在科技上的发展，说不定也在一定程度上得益于他们敬重前人努力的这种文化。

2017年6月30日，中央电视台的《开讲啦》栏目对我做了一次专访，组织了360多名青少年学生出席，听我谈参加航空建设的经历和感受，并组织了几名青年听众作为“互动嘉宾”在现场给我提问题。最后一名提问题的是一位新华社的女记者，她说，C919首飞那天，她正在跑道边我的身旁。在飞机起飞的刹那，当中央电视台的主持人要求我谈感受时，见到我满眼含泪声音哽咽地向全体参研的人员表示祝贺。她说：“当C919腾空飞起、越飞越高的时候，我看到参加研制的人们互相拥抱、拍手欢笑，这时我听到有人说，这辈子作为航空人，值啦！航空究竟有什么魅力，使参加工作的人们觉得，这辈子值啦？”

我没有直接回答她的提问，而是反问道：“中国究竟为什么要研制大飞机？这个问题，和中国为什么要种粮食是一样的。世界上不是可以买到粮食吗，美国的农产品很大部分就是出口的，我们不是只要买就可以满足国内的需要了吗？”

中国作为这样一个大国，这样多的人口，这样宽阔的领土，我们要满足我们运输的需要，要进口多少飞机！有人做过统计，告诉我说，这些年来中国向世界购买飞机的款项，用最大面额（100元面值）的钞票摞起来，已经达到十个上海金茂大厦的高度？不止！已经达到百个金茂大厦的高度？还不止！已经达到数百个金茂大厦的高度。我们要制造几亿件衬衫、几亿双鞋子，才能从国外换回来一架喷气客机。

我们不能永远处在现代产业的底层，仅仅输出一些廉价的没有技术含量的低端产品，而要争取在尖端的高科技产品上有所建树。我们把那经年累月如金茂大厦般一幢一幢搬向国外的钞票搬一部分回来，这样可以引领科技多大的发展面，解决多少企业发展的问题，造就多少国内人才的培养，解决多少国内的就业问题！

我曾乘坐在试航的“运10”飞机上，当飞越长江三峡上空的时候，我趴在舱窗上尽力向下张望。我真实地感到了“茫茫九派流中国”的气概。一条浩荡的长江水，滋润着中国辽阔的土地，汇集着众多的支流，形成气势磅礴的奔腾巨流。设想如果没有长江，那么如许的山泉溪水也只能成为断流，不能成为浩瀚的水系，构不成流域的繁荣。我们国家的许多企业，也需要有形成支柱型的产业，来形成巨流。

大飞机对于我们许多中国航空人来说，是一个实实在在的志向，是一个充满许多艰辛和胜利的奋斗过程。它也应是“中国崛起”强国梦的一个部分吧。

无限广阔的天空，未来一定飞翔着许多今天想象不到的新型飞行器。不论科学技术的发展会创造出什么样的新事物，必要的前提是必须出现具有新的思想和能力的人。21世纪中国航空产业的振兴，需要一批真正用科学思想武装起来的、充满朝气的、生机勃勃的人群。我深信这样的人物一定会成为时代的主流。